질문의 책

마·틸·다·의·숨·은·행·복·찾·기

스테판 모즈를 위해서
베를린 1931~파리 2007

질문의 책 마틸다의 숨은 행복 찾기

초판 제1쇄 발행일 2009년 2월 27일
초판 제2쇄 발행일 2017년 9월 5일
지은이 길라 루스티거 그린이 비탈리 콘스탄티노프 옮긴이 이유림
발행인 이원주 발행처 (주)시공사
주소 서울시 서초구 사임당로 82
전화 영업 2046-2800 편집 2046-2821~4
인터넷 홈페이지 www.sigongjunior.com

HERR GRINBERG & Co.. Eine Geschichte vom Glück
by Gila Lustiger, illustrated by Vitali Konstantinov
Originally published at Bloomsbury Kinderbücher & jugendbücher

ISBN 978-89-527-5470-7 43850

*시공주니어 홈페이지 회원으로 가입하시면 다양한 혜택이 주어집니다.
*잘못 만들어진 책은 구입하신 서점에서 바꾸어 드립니다.

질문의 책

마·틸·다·의·숨·은·행·복·찾·기

길라 루스티거 지음
비탈리 콘스탄티노프 그림
이유림 옮김

세상은 놀라운 빛과 비밀로 가득 차 있는데
사람들은 그걸 작은 손바닥으로 가리려 하는구나.

그린베르크 아저씨의 고조할아버지

경고

이 책은 언제나 옳지도 않고 또 언제나 재미있지도 않지만, 그래도 결국 모든 일이 다 술술 잘 풀려. 이 책은 소설이니까. 소설에서는 안 좋은 말이나 행동을 박박 지우고 그 자리에 아름다운 것들을 대신 채워 넣을 수 있어.

이런 꺼림칙한 짓이 누구 책임이냐고? 그야 사람들 책임이지. 나이가 적든 많든 아무 상관 없어. 나쁜 사람들은 여름에 비가 내린 다음 버섯이 돋아나듯 어디에서나 자라난단다. 그런데 착한 사람들도 마찬가지야. 사람들은 대개 착하면서도 동시에 나쁘지.

영국 작가 로렌스 스턴이 제안한 대로 심장 앞에 유리창을 끼워 놓을 수 있을까? 그럼 어떤 사람이 왜 옳지 않게 행동하는지 이유를 딱 꿰뚫어 볼 수 있을 거야. 그래, 그럼 별별 꼴을 다 볼 수 있겠지. 영혼이 있는 그대로 보일 테니까. 즉 마음의 모든 움직임과 흔들림, 어떤 마음이 생겨날 때부터 밖에 드러날 때까지 모든 고민, 마음이 행하는 모든 공중제비와 물구나무서기와 장난질이 다 보일 거야. 다들 '아, 그렇구나.' 하고 감탄하겠지. 그럼 펜과 잉크를 들고서 자기가 본 대로 그저 죽 적어 내려가기만 하면 돼. 유리창은 참 편리할 거야. 그렇지만 아쉽게도 심장에는 유리창이 달려 있지 않아. 그래서 남의 마음은 그저 짐작만 할 수 있을 뿐이야. 대개 아무 근거도 없이.

친구도 언제나 잘 이해할 순 없어. 적이야 어차피 절대 이해할 수 없고. 사실 우리는 언제나 거의 모든 사람들을 오해하게 마련이지. 이 책에서는 바로 그런 일을 다루고 있어. 물론 엄마의 눈길이나 우정이나 속임수나, 반사 신경이나 비늘구름이나 양의 탈이나, 어린이의 건전한 상식이나 잘난 척하는 사람이나 누나들이나, 비밀스런 책이나 과거나 개 등등 더 많은 주제들이 나와. 당연히 사랑 이야기도 나오지.

아 참, 주석에 대해 말을 좀 해 둬야겠다. 이 소설에는 주석이 아주 많거든.

툭 터놓고 말하자면 주석이 없으면 일이 안 돼. 주석이 없으면 너희는 절반밖에 이해하지 못할 테니까. 속사정이 이렇거든. 이 책의 주인공은 주근깨가 가득한 들창코를 남의 일에 마구 들이대는 데다가 모든 일에 대해, 그것도 처음부터 끝까지 뚜렷한 자기 생각이 있지만, 솔직히 말하자면 실은 아는 게 하나도 없어. 그래서 옳은 일을 그른 일로, 그른 일을 옳은 일로 생각할 때도 드물진 않아. 자, 이제 너희에게 경고를 해 줬으니까 난 손을 탁탁 털고 나온 셈이야. 그 애처럼 되지 않으려면 배배 꼬인 이야기 전체를 아주 세밀한 부분까지 차근차근 풀어 가야 한단다.

왜 그 애는 아무것도 모르는데 주인공이냐고 이제 몇몇 시건방진 애들이 따지고 들겠지. 그 애가 주인공을 하기로 이미 다 정해 놨으니까 어쩔 수 없어. 이건 현대 소설이고 현대 소설에서 주인공이 늘 주인공답진 않아. 게다가 자기 일에 대해서 아는 게 하나도 없다고 그런 사람들을 다 자기 자리에서 쫓아낸다면, 대답해 봐, 얘들아! 대체 누가 이 나라를 다스리겠니?

주석은 각 장의 끝 부분에 적혀 있어. 그때그때 들춰 봐도 좋지만 그 장을 다 읽은 다음에 읽어도 상관없어. 주석이라고 해도 모두 뭔가 특별히 중요한 걸 설명해 주지는 않아. 어떤 주석들은 그냥 가기 서운해서 그저 손짓을 할 뿐이야.

옛날 중국에서는 손님이 떠날 때면 주인이 연신 고개를 숙이면서 문까지 따라나섰고 손님이 말에 오를 때까지 기다려 줬대. 그런데 그런다고 끝이 아니야. 손님이 말에 타고 모퉁이를 돌아가면 주인은 냉큼 하인을 뒤따라 보냈어.

다시금 찬사와 아부를 쏟아 붓도록.

주석은 그런 하인인 셈이야. 책을 읽는 사람들에게 작별 인사도 다시 한 번 해 주고 앞으로 잘 가라고 빌어 주려고, 얼굴이 벌겋게 달아오른 채 땀을 조금 흘리고 숨도 조금 가빠져서 각 장의 문턱까지 달려오지.

또 뭐가 있더라? 아, 그래. 당연한 일이지만 이 책에서는 행복을 특히 중요하게 다루고 있어. 그린베르크 아저씨의 증조할아버지가 아직 어린아이였을 때 그분의 아버지가 자주 물어봤대.

"사람이 어떻게 행복해지는지 알고 싶니?"

그러고는 아들의 손을 잡아끌어서 햇빛을 다 가리도록 눈앞에 댄 다음 귓가에 대고 속삭였다는 거야.

"이런, 세상은 놀라운 빛과 비밀로 가득 차 있는데 사람들은 그걸 작은 손바닥으로 가리려 하는구나."

그린베르크 아저씨가 누구냐고? 아니, 내가 그린베르크 아저씨 소개도 아직 안 해 줬나? 그럼 첫 장을 얼른 읽어 봐. 재미있게 읽고 나서 이따 다시 보자!

⚜

첫 번째 장

브로콜리가 소아시아에서 왔다는 사실을 안다고 해서 도움이 될까? 시내 한복판에 살면서도 아이들을 보지 않는 대단한 업적에 대해서. 개는 다행히 말을 하지 못한다. 코바늘로 뜬 조그만 덮개와 기념물로 가득한 집. 사람은 왜 이름이 필요할까?

그린베르크 아저씨는 아이들의 친구는 아니었다. 그렇다고 아이들의 적도 아니었다. 굳이 말하자면 아저씨에게는 아이들이 별로 중요하지 않았다고나 할까? 귀가 아플 때 꽉 막혀 버리는, 목과 귀 사이를 잇는 관을 유스타키오관이라고 부른다는 지식이 별로 중요하지 않은 것만큼이나. 아니면 브로콜리를 먹어야 할 때 브로콜리가 소아시아에서 왔다는 사실을 안다고 해서 별 도움이 되지 않듯이.

만약 누가 물어봤다면 그린베르크 아저씨는 이렇게 대답했을 것이다.

"아이들을 좋아하냐고? 아니, 어떻게 그런 멍청한 질문을 해. 당연히 좋아하지. 정상적인 사람이라면 누가 아이들을 싫어하겠어?"

그렇지만 아이들이 어떤지 상상해 보라고 한다면 그린베르크 아저씨는 마음의 눈으로 다음과 같은 모습을 보았을 것이다. 언제나 깔끔하고 절대 투덜대지 않고 옷을 절대 더럽히지 않고 언니랑 절대 싸우지 않는 여자애……. 이제 다들 문제가 뭔지 알아챘을 것이다. 그린베르크 아저씨는 착한 사람이지만 진짜 아이는 평생토록 단 한 명도 만나 보지 못했다.

드문 일이었다. 심지어 꽤나 이상한 일이기도 했다. 그린베르크 아저씨는 섬에 사는 것도 아니고, 산꼭대기 외딴 오두막에 사는 것도 아니고, 그렇다고 한적한 마을에서 다른 집들이랑 멀리 떨어진 농가에 사는 것도 아니기 때문이다. 아저씨는 자동차와 상점과 자전거와 탈탈거리거나 붕붕거리는 소리로 가득한, 그리고 물론 아이들로 가득한, 커다란 도시 한복판에 살았다.

아침이면 잠이 덜 깬 눈으로 책가방을 메고 타달타달 거리를 걸어가는 피곤한 초등학생들이 아저씨 눈에는 전혀 보이지 않았을까? 점심이면 한 발은 인도에 놓고 다른 발은 빗물받이 도랑에 놓고 깡충깡충 뛰면서 집으로 가는 아이들이 아저씨 눈에는 전혀 띄지 않았을까?

아니, 아저씨는 애들을 보지 못했다. 아침에도 못 보고

저녁에도 못 봤다. 낮에도 보지 못했다. 그리고 그건 정말이지 퍽 대단한 일이었다.

매일 오후, 언제나 똑같은 시간에 그린베르크 아저씨는 복슬복슬한 개를 데리고 간이매점에 신문을 사러 갔다. 신문을 사서 비스듬하게 맞은편, 오래된 밤나무와 긴 의자가 있는 곳으로 느릿느릿 걸어갔다. 그리고 거기 앉아 신문을 읽으며 세상에 무슨 일이 일어났는지 살폈다.

어느 계절에든 그린베르크 아저씨는 세계의 새로운 소식을 낱낱이 죽 훑어보았다. 봄에는 흰 꽃이 핀 밤나무 아래에서 신문을 넘겼다. 여름에는 짙푸른 잎사귀의 그늘이 아저씨를 보호해 주었다. 가을이면 아저씨는 어느새 노랗게 물들고 듬성듬성해진 우듬지 아래 앉아 있었다. 나무는 바람이 불면 흔들리고 고개 숙이고 살랑거리는 소리를 내면서 몸을 저었다. 잘 여문 밤송이가 떨어져 따끔따끔한 가시 사이로 껍질이 벌어졌고, 매끄럽고 반들반들한 갈색 밤이 아저씨 발밑에까지 굴러 왔다.

그런데 아저씨가 눈치를 챘을까, 주변을 둘러보았을까? 그럴 리가! 아저씨는 신문을 읽었다. 신문을 읽고 놀라워했다. 그러나 아름다운 나무에 놀라워하지도 않았고, 겨울이면 오후에 벌써 청회색 하늘에 은빛 아치를 드리우는 달에도 놀라워하지 않았다.

"죄다 헛소리뿐이군!"

그린베르크 아저씨는 화가 나 투덜거리면서 봄, 여름, 가을, 겨울 없이 세상과 그 어리석음에 대해 고개를 절레절레 저었다.

그동안 아저씨네 개는 이웃집 애들과 놀았다.

"홀스타인! 홀스타인!"

아이들은 이름을 부르면서 몸을 굽혀 개를 쓰다듬고 함께 나무 주위와 공원 안을 달리다가 쉬는가 하면, 가을에는 밤송이를, 겨울에는 눈덩이를 던졌다.

홀스타인은 아이들을 잘 알고 있었다. 아이들이 학교에서 돌아와 모래밭에 책가방을 던지면 홀스타인은 아이들에게 뛰어오르고 그르렁거리고 벌러덩 누워 꼬리를 치고 머리끝에서 발끝까지 핥아 댔다. 홀스타인은 아이들 냄새를 구분할 줄도 알았다. 이웃집 아이들이 오는 모습을 보거나 소리를 듣기도 전에 딱 알아차리고 짖어 대면서 기뻐했다……. 그런데 잠깐, 뭔가 이상하다. 아이들이 어떻게 홀스타인의 이름을 알게 되었을까?

당연히 그린베르크 아저씨와 얘기를 해 봤기 때문이었다. 사실 그린베르크 아저씨는 누가 봐도 친절한 노신사였고, 지난 50년 동안 책과 그림과 식물과 코바늘로 뜬 조그만 깔개와 기념품이 가득한 커다란 집에서 살아왔다. 기념품은 해가 갈수록 더 늘어나 책장 위에 줄줄이 놓여 있었다. 아저씨는 기념품이 아무짝에도 쓸모가 없는 데다가 보기 싫다고도 생각했다. 그래서 가정부 아줌마가 고향 이탈리아나 휴가에서 돌아올 때 새로운 기념품, 이를테면 설화석고로 된 재떨이라든가 촛대로 쓸 수 있는 아코디언 연주자 모양의 나무 조각상, 해포석으로 만든 파이프 대롱, 안경 거치대로 쓸 수 있는 청동 코 등등을 가져올 때마다 한 번쯤은 자기 의견을 똑 부러지게 일러 주겠다고 마음먹었다. 코는 안경을 쓰라고 있는 거고 돌은 성을 지으라고 있는 거고 발은 양말을 신으라고 있는 거지만, 파이프를 피우지 않는데 파이프 대롱은 뭐에 쓰라는 거요? 그렇지만 아저씨는 늘 "고마워요." 하고만 말았다.

그린베르크 아저씨에게는 당연하게도 아이가 없었다. 대신 일곱 살 먹은 암캐 홀스타인이 있었다. 그린베르크 아저씨와 홀스타인은 매우 닮았다. 홀스타인이 아저씨처럼 코듀로이 바지나 바둑판무늬가 있는 셔츠를 입어서가 아니라, 아저씨만큼이나 고집이 셌기 때문이다. 그리고 둘 다 똑같이 조용히 지내길 원했고 뭔가 맛있는 것이 나오면 배가 터지도록 먹었다. 가정부인 미라벨라 아줌마가 언짢을 때면 맛있는 음식을 푸짐하게 만들어서 기분을 풀어 버리니 얼마나 다행인지.[1]

홀스타인이 말을 못 하는 것도 얼마나 큰 축복인지 모른다. 만약 이 고집스런 짐승이 말을 할 줄 알았다면 아저씨는 만날 개랑 토론을 해야 할 테니까. 사람은 소파에 앉아서 쉬어도 되는데 개는 왜 그러면 안 되는지. 사람은 왜 목줄을 매지 않고도 밖에 나갈 수 있고 개밥 그릇에 음식을 받아먹지 않아도 되는지. 사람은 왜 이름을 부르면 미적대지 않고 당장 자기 개 옆에 달려오지 않아도 괜찮은지. 사람은 왜 원할 때면 언제나, 심지어 저녁을 먹고 난 다음 텔레비전 앞에서도 뭘 먹어도 되는지. 간단히 말해서 사람은 왜, 다만 개가 아니라 사람이란 이유만으로 특별한 권리가 있는지.

그린베르크 아저씨가 홀스타인에게 시시콜콜 설명해 주리라는 점은 의심할 여지가 없다. 사람은 생각을 하고 양심을 지니고 있기 때문에 모든 피조물의 왕이라는 것을 설명하고 증명하고 논증할 테지만, 그렇다고 홀스타인이 받아들일 리도 없다.

어쨌든 수다는 이 정도에서 그치도록 하자. 그린베르크 아저씨는 책을 읽고 싶을 때면 개를 들어서 소파에서 내려놓았다. 그러나 아저씨가 소파에 앉아 책을 읽는 동안, 홀스타인은 대개 아무 간섭도 받지 않고 옆에서 신문을 여기저기 물어뜯고 있었다. 아저씨는 신문을 무척 좋아하지만 평화를 더 좋아했다. 게다가 더 똑똑한 쪽이 양보하는 법이라고 어딘가에 나오지 않는가?

미라벨라 아줌마 눈에는 아저씨가 개에게 물러 터지게 대하는 게 몹시 거슬렸다. 아줌마는 개를 너무 자유롭게 기르다 보면 결과가 좋지 않을 거라느니, 개만 이득을 본다느니, 원칙을 세워야 한다느니, 개가 이런 상황을 뻔뻔스럽게 이용할 것이라느니, 그린베르크 아저씨가 가끔 욕을 한다고 해서 아무 소용도 없다느니 하면서 걸핏하면 잔소리를 해 댔다.

"이봐, 거기 괴물!"

홀스타인이 주둥아리에 너덜너덜한 실내화를 물고 있을 때마다 아줌마는 소리를 꽥 질렀다. 홀스타인은 그럴 때면 사랑스럽게 걸어와서 더할 나위 없이 충성스럽고 착한 눈으로 아줌마를 바라보았고, 그럼 아줌마도 차마 야단을 칠 수가 없었다. 게다가 아줌마는 당근 껍질을 벗기는 동안 홀스타인이 무릎에 앞발을 올려놓거나 부엌 바닥에 몸을 쭉 펴고 드러누워 때때로 고개를 갸웃거리면서 애원하는 눈빛으로 흘끗거리면, 심지어 아무도 모르게 소시지 한 조각을 던져 주기까지 했다.

홀스타인은 잡종이라 족보가 없었다. 대신 아주 대단한 이름이 있었다. 비록 아무도 그렇게 부른 적은 없지만, 홀스타인의 진짜 이름은 안 루이즈 제르멘 네케르 스탈-홀스타인이었다. 너무 고귀하고 너무 길었다. 또한 아무리 참된 친구로 사랑과 존중을 받는다고 해도 짖어 대는 네발 짐승에게는 어울리지도 않았다. 사실 홀스타인이 스스로 자기 이름을 고른 것도 아니었다. 제 이름을 듣고 꼬리를 친다 해서 가문을 자랑스러워하는 것도 아니고, 그럴 이유도 없었다. 홀스타인은 반은 래브라도 레트리버, 푸들 조금, 슈나우저 약간, 그리고 뭔지 모르지만 가장 좋은 종류의 복슬복슬한 무엇인가가 섞인 흔적이니까.

만약 사람들이 홀스타인에게 자기 이름을 어떻게 생각하는지 물어봤다면 이렇게 대답했을 것이다. 내 이름이 마음에 드냐고? 그런데 이름이 왜 필요하지? 먹을 수 있어? 아니야? 응, 그렇다면, 홀스타인은 대수롭지 않게 자기는 이름이 필요 없다고, 차라리 기름진 소시지 한 조각이 훨씬 더 좋다고 대답했을 것이다. 배가 고파 죽겠는데 이름이나 직위나 겉치레가 무슨 소용인가? 홀스타인은 아무 이름이나 불러 줘도 상관이 없었다. 아무리 괴상한 이름이라도 거기에 피스타치오가 들어간 모르타델라 소시지나 비어신켄 햄이나 껍질이 바삭바삭한 레겐스부르크 식 소시지를 섞어 넣었다면, 오히려 더 마음에 들었을 것이다. 그러나 지금까지 아무도 홀스타인의 마음에 들려고 하지도 않았고, 아무도 홀스타인의 의견을 물어보지도 않았다.

그래서 헤르슐 오스트로폴리어나 예브게니아 아나스타샤브나라고 이름 지을까 하는 생각도 들었지만, 결국 홀스타인은 그냥 홀스타인이라고 불리게 되었다. 그린베르크 아저씨조차 헤르슐은 남자 이름이고 예브게니아 아나스타샤브나는 러시아에서 오지 않은 한 발음할 수 없다는 것을 별수 없이 인정해야만 했으니까. 그리고 말이야 바른 말이지, 러시아 사람을 빼면 누가 러시아에서 왔겠는가?

그린베르크 아저씨는 뾰로통해서 조금 투덜대다가 끝내 삐쳐서 서재로 들어갔다. 그렇지만 다시 나왔을 땐 분별력을 되찾았다. 그래, 결국 또 양보한 거다. 다행이었다!

그리고 기적이고![2]

1 그린베르크 아저씨가 가장 좋아하는 음식은 베이컨과 스크램블드에그를 곁들인 구운 감자였어. 물론 아줌마가 다른 음식을 해도 맛있다고 해 주었지만 그 무엇도 베이컨과 스크램블드에그를 곁들인 구운 감자만은 못했지. 프라이팬에서 지글거리며 베이컨이 익어 가는 냄새를 맡을 때마다 당장 엄청난 식욕을 느꼈어. 입속에 침이 가득 고여서, 무슨 일을 하고 있었든 무슨 생각을 하고 있었든 아랑곳하지 않고, 자리에서 일어나 부엌으로 행진해 들어갔지. 아저씨는 스크램블드에그도 좋아했어. 아줌마가 달걀을 그릇 가장자리에 칠 때 나는 소리를 들으면, 곧 입이 즐거워질 기대에 부풀어 비길 데 없는 행복감이 솟아올랐어. 그런데 한번은 부엌에서 쫓겨난 적이 있어. 아줌마에게 낸 다음과 같은 수수께끼 때문이었지.

한 남자가 배를 타고 바다에서 너무 멀리 나갔어. 미처 눈치채기도 전에 어느새 해안에서 15킬로미터나 떨어져 있었어. 그는 풍랑을 거슬러 힘껏 노를 저어서 한 시간에 4킬로미터를 나갔지. 그러나 한 시간 지난 다음에는 지쳐서 10분을 쉬어야 했고 그럼 다시 1킬로미터 바다 쪽으로 밀려났어.

"자, 그 불쌍한 얼간이가 다시 돌아오는 데 몇 시간이나 걸릴까요?"

그린베르크 아저씨는 그렇게 물으면서 베이컨을 프라

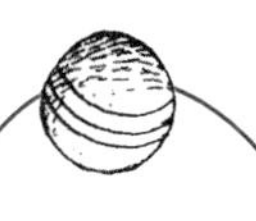

이팬에서 슬쩍 집어내려고 가스레인지 위에 몸을 숙였어.

"왜 그렇게 멀리 노를 저어 나갔대요? 말이 안 되잖아요."

아줌마가 알고 싶어 했어. 아니, 수수께끼에 말이 안 되는 게 어디 있냐면서 아저씨는 버럭 소리를 질렀지. 그러자 미라벨라 아줌마는 언짢아져서, 자긴 그런 헛소리를 들을 시간이 없고 그린베르크 아저씨는 방해만 되며, 더 나아가 손가락을 프라이팬 안에 넣어 휘적거리는 것은 못 배워 먹은 짓이라고 짜증을 냈어.

그린베르크 아저씨는 마음이 상해서 쿵쿵거리며 부엌에서 나갔지. 그리고 두뇌 활동을 경멸하는 사람이 불렀을 때에야 비로소 다시 부엌으로 돌아왔어. 늘 그렇듯 여자들은 너무 메말랐고 쇼펜하우어가 옳았다고 복도에서 툴툴거렸지. 맛있는 음식을 먹고 나서도 기분이 별로 나아지지 않았고, 그래서 아줌마는 그 가여운 남자가 얼마나 오래 노를 저어야 했는지 끝까지 알 수 없었단다. 뭐 관심도 별로 없었지만.

오직 홀스타인만 자주 그렇듯 지겹도록 답을 들었지.

"이건 정말 쉬워서 어린애들도 다 알 수 있단 말이야, 홀스타인."

아저씨가 말문을 열었어.

홀스타인은 눈을 잠깐 떴어. 먹을 것을 주나? 아니야?

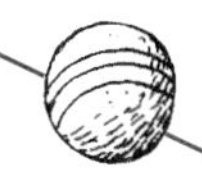

그럼 아니지 뭐. 그리고 계속 새근새근 잠을 잤어.

1a 그래, 그린베르크 아저씨는 수수께끼를 좋아하고 그 기원도 잘 알고 있어. 가장 오래된 수수께끼는 어느 스코틀랜드 출신 고고학자가 19세기 중반에 이집트 룩소르에서 허락도 안 받고 무덤을 파내다가 발견했지. 수수께끼가 적힌 파피루스 두루마리는 기원전 1650년부터 전해 내려온 거래. 길이가 5미터에 너비는 30센티미터였는데, 아메스라는 필경사가 두루마리 양면에 과제와 해답을 죽 써 내려갔지. 아메스는 주석에서 이 수수께끼를 혼자서 다 지어내지는 않았다고 밝혔어. 몇 가지는 인류에게 남겨 주려고, 200년 전에 제작된 거의 다 망가진 두루마리에서 베껴 적었다는 거야. 고양이와 쥐 수수께끼도 그중의 하나인데, 그의 주장에 따르자면 3860년이 됐을 수도 있지.

집이 일곱 채 있는데, 집집마다 고양이 일곱 마리가 살아. 고양이는 각각 쥐를 일곱 마리 잡아먹고, 그 쥐는 다시 곡식 이삭을 일곱 개씩 먹지. 이삭마다 각각 씨앗이 일곱 개 있고. 모두 합치면 몇 개일까?

2 미라벨라 아줌마는 부엌에 앉아 창문 너머 나무를 내다보았어. 여기서 일을 시작한 지 몇 주 지나서 심은 나무야. 나무가 전보다 몇 센티미터 자라난 걸 문득 알아차릴 때면

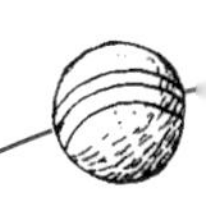

매우 기뻤지. 그런 지도 벌써 4년이 넘었어. 나무가 얼마나 컸는지, 시간이 얼마나 빨리 갔는지. 아줌마는 처음 일을 시작할 때 생각을 자주 했어. 기억 속에선 모든 것이 분명하고 생생했지. 그토록 많은, 자잘한 일들이 바로 어제 일처럼 그렇게 뚜렷하고도 빛나게 드러났어.

잘 모르는 사람이 아줌마가 아주 소중한 보물처럼 간직하고 있는 기억의 더미를 훑어봤다면, 분명 시큰둥하게 어깨를 으쓱했을 거야. 얘기할 만한 게 하나도 없다고 깔보듯 말했을지도 몰라. 그렇지만 몇 마디 얘기를 하려고 부엌에 들어와 옆에 설 때까지, 복도를 따라 질질 끄는 소리를 내며 다가오는 아저씨의 둔중한 발소리를 들을 때, 이 여인을 채우는 행복감에 대해 모르는 사람이 과연 뭘 알겠어? 그 행복감은 마치 한잔의 술처럼 온몸을 타고 흐르면서 머리가 가벼워지고 어찔어찔하게 만들었지.

그리고 집안일을 한창 하다가 문득 손을 멈추고 서재에서 새어 나오는 소리를 엿들으면서 무슨 소리인지 알아챘을 때, 아줌마가 느끼는 뿌듯함과 자랑스러움에 대해 과연 뭘 알겠어? 아줌마는 혼잣말을 하곤 했지. 이제 의자를 뒤로 밀고 책장으로 가는구나. 이제 책을 한 권 펼쳤구나. 이제 서서 책을 읽으면서 한 다리에서 다른 다리로 중심을 옮겼기에 마룻바닥이 삐걱거리는구나. 이제 다시 앉았구나. 아, 마음에 드는 문장을 하나 적어 놓고 낮은 소리로 웃는구나. 그러나 곧 그 문장을 흠잡으면서 혼자 나지막하게 투덜대겠지. 아줌마는 그 모든 걸 다 잘 알고 있었고 그래서 피식 웃을 수밖에 없었단다.

사랑하는 사람만 이런 소리를 듣지. 그런데 아줌마가 아저씨를 사랑한다고? 혹시 누군가가 그러냐고 물어봤다면 아줌마는 화들짝 놀랐을 거야. 아줌마는 아저씨 이름도 감히 부르지 못하거든. 밤에 지쳐서 침대에 누울 때, 시험 삼아, 아주 작은 목소리로 불러 보지만 심장이 몹시 두근거려. 안톤, 안톤. 그나저나 아줌마 이름은 뭘까? 미라벨라. 그런데 이게 과연 잘될까? 그럼 다행이지. 그리고 사랑이 다 그렇듯 기적이고.

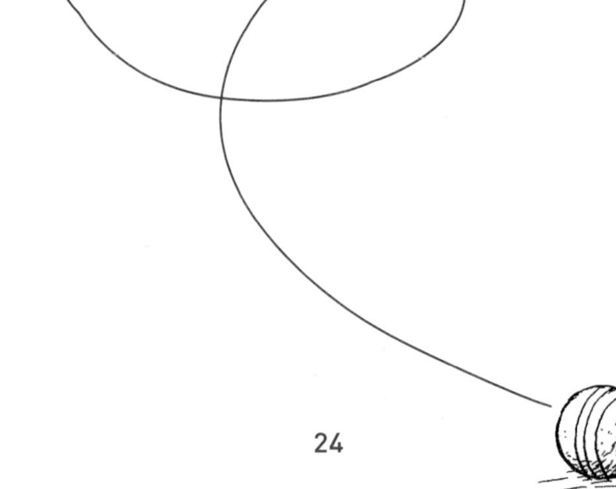

두 번째 장

> 하나의 결정을 내린다. 그것도 주근깨가 가득한 들창코를 남의 일에다 잘 들이미는 아이가. 아이들은 모든 것을 알아차린다. 사람을 갈아 치울 수 있을까? 엄마의 눈길과 뜻밖에 본 웃음과 세비야의 이발사와 감정을 잘 드러내지 않는 얼굴과 러시아 정글 깊숙이 사는 동물에 대해서.

아무도 그린베르크 아저씨가 아이들을 보지 못한다는 사실을 결코 눈치채지 못했을 것이다. 아저씨는 아이들이 뭘 물어보면 곧잘 대답을 해 줬고 홀스타인을 데리고 산책할 수 있도록 목줄을 내주었으니까. 그리고 마틸다나 꼬마 루카나 파울이 도움을 청하면 당장 도와주었다. 예를 들어 길을 건너거나 무거운 현관문을 열거나 신발 끈을 리본 모양으로 제대로 묶어 달라면, 아저씨는 무거운 문도 열어 주었고 길도 이리저리 건너게 해 주었고 신발 끈도 풀어서 다시 묶어 주었다. 아무도 그린베르크 아저씨가 아이들을 보지 못한다는 사실은 꿰뚫어 보지 못했을 것이다. 아이들만 빼놓고. 굳이 다시 말할 필요도 없지만 아이들은 모든 것을 다 알아차린다. 햇빛 아래에서 에메랄드처럼 빛나는 유리 조각, 떨리는 곤충의 더듬이, 비에 꺾인 풀줄기, 눈에 띄게 긴 모기의 다리…….[1]

아이들이 슬펐을까? 그린베르크 아저씨가 아이들을 무시한다고 속상했을까? 그렇게 심각하진 않았다. 아이들도 그린베르크 아저씨가 그리 아쉽진 않았으니까. 아이들의 세계에는 아저씨 말고도 아이들을 관찰하는 사람들이 득시글거린다. 걱정을 하려고 유심히 바라보는 아빠들도 있다. 계단참에서 아이들을 보고는 뻔뻔스럽다고 말하는 이웃도 있다. 가끔 눈살을 찌푸리면서 고개를 절레절레 흔들고 싶어서 접시만큼 커다란 눈으로 노려보는 누나도 있다. 그리고 하필이면 꼭 급히 밖에 나가려고 할 때 차림새가 잘못된 걸 알아차리는 엄마들까지. 아이들은 현관문 앞에서 엄마가 보내는 눈길을 너무나도 잘 알고 있다. 아이들 사이에선 그걸 '제발 머리 좀 빗어라 눈길'이나 '너 미쳤니? 비가 내리는 게 보이지도 않아, 당장 따뜻한 재킷을 입으라니까 눈길'이라고 부른다.[2]

엄마뿐만 아니라 형, 대모님, 선생님, 사촌 형과 누나, 할머니, 아저씨, 할아버지, 친구들……. 하나하나 다 들 수도 없다. 아이들을 유심히 보는 사람들이 워낙 많다 보니 손가락도 그다지 도움이 되지 않았다. 그리고 그 사람들 하나하나가 보기에 아이들은 조금씩 달랐다. 어떤 사람에게는 아이들이 별로 특별하지 않았고 다른 사람에게는 뻔뻔스러웠다. 세 번째 사람에게는 그저 유치했고 네 번째 사람에게는 칼 소리를 내는 유령만큼이나 흥미로웠다.

오직 주근깨가 가득한 작은 들창코를 남의 일에다 잘 들이밀고 다른 이의 비밀을 몹시 알고 싶어 하며, 모든 일에 대해, 그것도 처음부터 끝까지 뚜렷한 자기 생각이 있는 마틸다만 그린베르크 아저씨가 아이들에게 눈길을 돌려야 한다고 생각했다. 그렇다고 뭐, 길에 돌아다니는 모든 아이들은 아니다. 그저 아저씨가 신문에만 코를 박고 있는 대신 파울을 눈여겨본다면 아주 좋겠다고 생각했다.

파울네 외할머니가 죽은 지 몇 주가 지났지만 마틸다는 알 수 있었다. 파울이 할머니를 떠올릴 때마다 여전히 마음 아파한다는 걸. 얼굴에 그렇게 쓰여 있었다. 콧잔등에 작은 주름이 어려서 파울이 얼마나 힘들어하는지 눈에 빤히 보였다. 때때로 다른 애들은 잘 놀고 있는데 뒤로 물러나거나 갑자기 멈춰 서서 빈 하늘을 쳐다볼 때면, 지금 파울이 누구 생각을 하고 있는지 알 수 있었다. 또 커다란 봉지를 사이에 놓고 밤나무 아래 긴 의자에 앉아 있던 파울과 할머니의 모습도 선연했다. 봉지 안에는 탱탱하고 과즙

이 많아서 보기만 해도 군침이 도는 버찌가 들어 있었다. 두 사람이 어떻게 봉지 안에 번갈아 손을 뻗었다가 버찌를 먹고 씨를 뱉어 내고 얘기했는지도 손에 잡힐 듯했다. 사실 말은 파울만 했다. 어떻게 하루를 보냈는지 종알거렸다. 그냥 입을 열어서 아무 거리낌 없이 생각나는 대로 문장과 사건과 경험들 사이를 갈팡질팡 돌아다녔다. 그렇게 종알대다가 갈피를 못 잡게 되면 활짝 웃었다. 할머니는 그저 사랑스러워 못 견디겠다는 눈으로 듣기만 했다.

그런데 그린베르크 아저씨는 이름이 안나도 아니고, 입술연지에 색을 맞추어 스카프나 목도리를 두르지도 않고 브로치를 달거나 목걸이를 걸지도 않았다. '보기 흉한 이중 턱'을 방지하려고 거울 앞에서 얼굴 체조를 하지도 않았다. 파울이 가장 좋아하는 케이크를 굽지도 않았다.[3] 거실 장식장에 '이봐, 화내지 마'(독일에서 매우 인기 있는 보드게임으로 주사위를 던져서 맞는 숫자가 나오면 앞서 나간 다른 이의 말을 잡아 처음부터 다시 시작하게 할 수 있다. 말을 잡혀서 속상해하는 이에게 했던 말이 그대로 게임의 이름이 되었다고 한다 : 옮긴이)가 들어 있는 게임판도 없었다. 애들을 재우면서 이야기를 해 준 적도 없었고 '형편없는 용돈'을 더 낫게 만들어 주지도 않았다. 다이어트를 하면서 레모네이드와 곰 모양 젤리에 사족을 못 쓰는 일도 없었다. 합기도의 기술도 사무라이의 전통도 몰랐다. 이기면 새로운 색깔의 띠를 받게 되는 무술 대련에도 가 본 적이 없었다. 꽉 끼는 치아 교정기가 거북할 때 맛있는 초콜릿 푸딩을 만들어 주지도 않았다. 오후에 '도시, 국가, 강' 게임을 하지도 않았다.[4] 경매에서 FC 바이에른 뮌헨의 침구나 록 밴드 토텐 호젠의 티셔츠를 사 오지도 않았다. 또 세일러문이 누군지도, 로버트 브루스 배너가 화가 나면 왜 헐크로 돌변하는지도 몰랐다. 설령 그린베르크 아저씨가 이 모든 일을 하거나 알았다고 해도, 셔츠가 더러워지면 깨끗한 옷으로 갈아입듯 간단하게 사람을 갈아 치울 수는 없다.

파울에게는 그 어느 누구도 할머니를 대신할 수 없었다. 앉으나 서나 할머니가 그리웠다. 그렇지만 마틸다는 그린베르크 아저씨로 이미 마음을 정했다. 다른 어느 누구도 아닌 그린베르크 아저씨. 고리타분하고, 언제나 약간 얼이 빠진 듯하고, 불친절하진 않지만 늘 심드렁한 그린베르크 아저씨. 하필이면 왜 그린베르크 아저씨였을까? 마틸다는 아저씨가 웃는 모습을 보았다. 공원에서 홀스타인 옆에 앉아 세비야의 이발사 이야기를 할 때였다. 이탈리아 오페라에 나오는 이발사가 아니라 세비야 남자들의 수염을 깎아 주는 사람에 대해서. 이게 얼마나 대단한 일인지는 한번 상상을 해 봐야 한다. 세비야 남자들은 이 이발사가 수염을 직접 깎지 않는 남자들의 수염을 다 깎아 주지 않고서는 못 견딘다는 걸 알아차렸다. 모두들 오래 지나지 않아 이렇게 생각하게 되었다. 에이, 내가 왜 구태여 수염을 직접 깎아, 그 얼간이가 올 때까지 그냥 기다리지. 그 이발사에게는 수염이 자라는 여자 손님까지 둘 있었다지만 그건 또 다른 얘기다.

그런데 언제인가 그 이발사는 한밤중에 어떤 의문을 품고 땀에 흠뻑 젖어 일어났다고 한다. 그 질문이 어찌나 대답하기 어려웠는지 이 불쌍한 남자는 거의 미칠 지경이었다. 면도하지 않은 남자들의 수염을 죄다 깎아 주느라 하루를 보낸 이 남자는 자칫하다가는 혼자 중얼거리면서 정신병원에 들어갈 지경이었다.

"자, 홀스타인, 이제 그 불쌍한 남자를 괴롭힌 질문을 할 테니 잘 들어 봐."

책상다리를 하고 개 옆에 앉아 있던 마틸다가 간식 시간에 먹다 남은 빵을 잘라서 절반을 옆으로 밀어 주며 말했다.

"세비야의 이발사가 스스로 수염을 깎지 않는 남자들 수염을 다 깎아 준다면, 그 사람은 자기 수염을 직접 깎아야 할까?"

마틸다는 곰곰이 생각하고 또 생각했다. 대뇌와 신경세

포와 시냅스와 뉴런과 수용기와, 그 밖에도 선생님의 견해에 따르자면 머릿속에 돌아다니는 모든 것을 이용했다. 영어 불규칙동사를 외울 때와 거의 비슷하게 안간힘을 썼다. 신경세포가 그 질문에 달려들어서 평소에 안 하던 일을 하며 애를 쓰다가 머리에 쥐가 날 지경이라는 사실은 눈치챘다. 그러나 논리적인 결론에 이르지는 못했다. 그저 질문을 던져 봐야 아무 의미도 없는, 그런 질문도 있다는 결론에 도달했을 뿐.

마틸다가 이러고 있는데 그린베르크 아저씨가 신문에서 고개를 들었다. 그리고 믿기 어려운 일이지만 아저씨 얼굴에 유쾌한 웃음이 휙 스쳐 지나갔다. 하마터면 마틸다도 놓칠 뻔했다. 입술이 거의 눈에 띄지 않을 만큼 살짝 실룩거렸고 눈이 잠깐 빛나는 것에 불과했으니까. 변덕스러운 날씨처럼 기대하지 않았는데 찾아오는 예상 밖의 웃음이었다. 하늘이 갑자기 어두워지더니 미처 비를 그을 곳을 찾기도 전에 굵직한 빗방울이 내려치듯, 그렇게 갑자기 아저씨의 얼굴이 환해졌고 마틸다는 말 그대로 온몸이 기쁨으로 뒤덮이는 듯했다. 이 투덜이를 좋아할 수밖에 없었다! 이런 웃음을 언뜻 보았을 때 기분이 얼마나 좋아지는지!

그린베르크 아저씨가 그다지 쾌활하지 않은 사람임은 확실했다. 그러나 마틸다는 아무리 어려운 과제를 완수해야 한다고 할지라도 아저씨를 구해 내기로 마음먹었다. 그러니까 거인과 싸우고, 수수께끼를 풀고, 보물을 찾고, 생명을 거는 등등……. 뭐 꼭 생명까지 걸지는 않아도 며칠 오후 정도야 기꺼이 내줄 생각이었다.

"홀스타인!"

마틸다는 의미심장한 목소리로 아저씨가 방금 의자 위에 놔둔 신문을 다시 갉아 대고 있는 개를 불렀다.

"홀스타인, 내 간단히 말하지. 음은 개를 봐야 해. 그게 확실히 가장 나은 해결책이니 수단 방법을 가리지 말아야 해."

'음'은 당연히 그린베르크 아저씨였다. '개'는 파울이었다. 그러나 '봐야 해'가 무엇을 뜻하는지는 설명할 수 없었다. 그건 분명 새로운 급우를 멀리서 흘끔거리는 것은 아니었다. 이리저리 둘러보는 것이나 째려보는 것도 분명 아니었다. 그렇다고 선생님이 칠판 앞으로 오라고 불러냈을 때 가끔 그렇듯 '난 아무것도 몰라요 눈길'도 아니었다. 그렇다. '봐야 해'는 분명 뭔가 완전히 다른 것을 의미했다. 뭔가 특별한 것, 두 눈이 모두 필요한 눈길이었다. 두 눈과 마음까지 필요한.

1 얼마 전에 마틸다는 아빠 심부름으로 신문을 사러 가다가, 두 살쯤 되어 보이는 꼬마가 유리 조각을 집는 것을 봤어. 어디서나 흔히 볼 수 있는 푸른 유리 조각이었지만 빛이 닿자 반짝이는 에메랄드 조각으로 바뀌었지.

"너 거기서 뭐 하니?"

아들이 뭘 갖고 놀려는지 알아차린 그 애 엄마가 소리를 지르더니 손을 찰싹 때렸어. 아이는 그저 가만히 있었지. 꼭 그 일 때문만은 아니지만 마틸다는 어른들의 어리석음에 고개를 절레절레 저어야만 했어. 유리 조각은 때로는 보석이 될 수도 있는데.

그날 저녁 지쳐서 침대에 누웠을 때, 그 사건이 다시 떠올랐어. 이게 마지막이야! 마틸다는 그렇게 생각하고 다시 일어나 코끝이 침대 가장자리에 닿을 때 과연 무엇이 보이는지 알아보기로 했어. 마틸다는 방 안을 기어 다니다가 서랍장 아래에서 1년 내내 찾고 있던 운동화 한 짝을 찾았을 뿐만 아니라 벌써 오래전에 잃어버리고 까맣게 잊고 있던 책까지 찾아냈어.

"너 거기서 뭐 하니?"

아빠가 문지방에 서서 마틸다를 안경 너머로 훑어보면서 물었어. 어른들에게는 모든 것을 다 설명해 줘야 한다니까!

"두 살짜리 아이의 눈으로 세상을 보고 있어요."

2 마틸다는 이런 눈길을 특히 많이 알고 있어.

특별히 멋지게 빼입었을 때, '네 꼴이 그게 뭐니 눈길'.

브로콜리가 또 나왔을 때, '먹을 것 갖고 깨작거리지 좀 마라 눈길'.

하도 목이 말라서 냉장고 앞에서 주스를 병째 들고 마실 때, '잔에 따라 마시면 큰일 나니 눈길'.

방을, 그것도 지금 당장 치워야 할 때, '내가 너 때문에 미치겠다 눈길'.

일요일, 할아버지 할머니 댁에 가서 몸을 배배 꼬면서 식탁에 앉아 있을 때, '똑바로 앉지 못하겠니 눈길'.

용돈을 조금만 더 달라고 했을 때, '넌 땅을 파면 돈이 나오는 줄 아니 눈길'.

3 가장 좋아하는 케이크는 매우 중요한 일이지. 파울네 외할머니가 아직 어린 소녀였을 때 책과 공책을 싸는 데 썼던 커다랗고 파란 종이처럼. 할머니는 파란 종이를 보면 자기도 모르게 학창 시절을 떠올렸어. 향기, 먼지가 부옇게 쌓인 과거의 향기가 피어오르고, 할머니에게는 둘째 줄, 금발머리를 굵게 땋아 내린 소녀 옆에 앉은 자기 자신의 모습이 보이더래. 그건 흐릿해진, 서글픈 파란색이었어. 엄마와 함께 부엌 식탁에 앉아서 공책을 쌀 땐 방학이 다 끝나 가는 참이었으니까.

그에 반해 가장 좋아하는 케이크에선 자유의 향기가 났어. 파울은 그 케이크 이야기를 워낙 자주 들어서, 자기도 그때, 1945년 5월에 미군이 들어오는 걸 함께 겪은 듯한 느낌이었지. 끔찍한 총격전과 미군이 대로로 행진해 들어오는 걸 막기 위해 쐈던 대전차포와 미군이 다리를 건너올 때 느낀 두려움……. 그들은 처음에는 그림자처럼, 이어 점점 더 커지는 먼지구름처럼 보였대. 대로를 행진해서 올라왔지. 군인 둘, 셋, 넷, 열, 스물……. 큰 걱정이 있을 때 눈물이 걷잡을 수 없이 쏟아지듯 더 많이, 점점 더 많이.

다른 사람들, 그러니까 언니와 엄마는 숲으로 도망쳤지만 할머니는 더 견딜 수가 없었대. 이미 너무 오래 기다렸거든. 그래서 미군들을 보러 나섰어. 풀밭에서 그들을 관찰하다가 깜짝 놀랐대.

"아니, 왜 놀랐어요?"

파울은 대답을 줄줄 외우지만 매번 그렇게 물었지.

"적군도 보통 남자들처럼 씻고 면도를 하니까."

몇 시간이 지나 미군들이 다른 곳으로 이동할 때, 뺨이 포동포동한 남자 하나가 할머니에게 작은 케이크를 하나 줬대. 할머니는 한 입 베어 먹고, 그가 지평선의 작고 검은 얼룩으로 보일 때까지 손을 흔들어 주었지.

그게 대체 무슨 케이크였을까?

월귤을 넣은 머핀.

맛이 있었냐고?

밤새 한잠도 못 자고 지새우고 나서, 대전차포의 폭음을 듣고 나서, 그렇게 두려워하고 나서 그게 맛있었냐고? 그럼, 얼마나 맛이 있었는데!

"그래 무슨 맛이 났어요?"

파울은 대답을 줄줄 외우지만 매번 물었지.

"'전쟁은 끝났다'는 맛이 났단다."

그 맛은 다음 몇 년 동안 할머니 입가에 감돌았대. 이제는 토요일마다 손자와 함께 월귤이 든 머핀을 굽는데, 이 시간은 두 사람이 함께 보내는 오후에서 가장 즐거운 때야. 그렇지만 어떻게 해도, 이제 더는 두려워할 필요가 없다는 것을 알아차린 바로 그 순간 아주 분명하게 할머니를 덮친, 순수하기 그지없는 삶의 기쁨, 그 맛은 절대 나지 않더래. 어쨌든 파울의 요리책에는 자유 케이크의 요리법이 분명하게 적혀 있어.

자유 케이크

재료

밀가루 260g

베이킹파우더 3작은술

달걀 2개

흑설탕 180g

녹인 버터 150g

바닐라 설탕 1봉지

월귤 요구르트 300g

월귤 200g

조리법

오븐을 180도로 예열하고

철판에 기름을 발라 놓는다.

달걀, 설탕, 버터, 바닐라 설탕, 요구르트를

잘 젓는다. 밀가루와 베이킹파우더를 넣고

계속 젓는다. 마지막으로 월귤을

반죽에 조심스럽게 섞는다.

머핀 틀에다 반죽을 채우고 20분 동안

노릇노릇하게 굽는다.

4 파울네 외할머니는 '도시, 국가, 강' 게임을 아주 즐겨 했어. 여기에 견줄 만한 건 포커 게임 정도일까? 할머니는 요가 강좌에서 사귄 엘리 할머니랑 만야 할머니와 금요일 저녁이면 포커판을 벌였거든. 할머니는 전문 도박꾼으로 자처하면서 이런 말을 자주 했어.

"물론 포커에선 내가 가장 우수한 성적을 쉽게 받을 거

야."

파울은 당연히 조금 미심쩍었지. 우선 어떤 선생님이 포커 실력에 점수를 매기겠어? 그리고 아무리 어린애라도 노름을 할 땐 간이 커야 한다는 걸 알잖아. 그런데 할머니는 언제나 조급해서 엉덩이가 의자에서 자꾸 미끄러질 지경이거든. 게다가 할머니의 포커페이스는…… 에이, 차라리 다른 이야기를 하자.

사실 파울네 할머니가 늘 이기는 건, 착하지만 조금 아둔한 엘리 할머니가 풀하우스, 트리플, 포카드, 로열플러시가 뭔지 아직도 모르기 때문이야. 간단히 말해서 엘리 할머니는 어떤 카드를 쥐고 있어야 하는지 전혀 몰라. 만약 할머니는 늘 안경을 깜박 잊고 오고, 게다가……. 그래, 여기서 그냥 비밀을 털어놓을게. 파울네 할머니는 할 수만 있다면 늘 속임수를 써.

전문 사기꾼처럼 속임수를 쓰지. 그런 일에도 점수를 매긴다면 아마 가장 우수한 성적을 쉽게 받았을 거야. 파울은 할머니가 속임수 쓰는 걸 여러 번 들춰냈어. 예를 들어 할머니는 언젠가 바멜레로가 매우 희귀한 포유류이고 부군디엔이 시베리아 옆에 있는 지방이라고 우겨 댔지. 파울은 그 자리에서 백과사전 제3권 'ㅂ'으로 시작하는 부분을 찾아선 또박또박 따지고 들었어.

할머니가 대답했어.

"뭐야? 바멜레로가 나오지 않는다고? 뭔가 잘못됐나 봐. 그 책 좀 이리 줘 봐. 아, 이거 좀 봐라!"

할머니는 손자의 비난을 맞받아치더니 곧 의기양양해져서 발간 연도를 가리켰어.

"이 사전은 작년에 나온 거잖아. 그런데 바멜레로가 러시아의 깊은 정글에서 발견된 건 겨우 한 달 전 일이라고."

"그렇지만 러시아에는 정글이 없어요."

파울이 지지 않고 대꾸했지.

그러자 할머니는 그저 한심하다는 표정으로 고개를 절레절레 저었어.

"얘야, 러시아에도 물론 정글이 있어. 부군디엔의 경계선, 태평양 연안에 말이야."

아무 소용 없었어. 아무리 심하게 질책을 해도 할머니는 또 속임수를 썼어. 양심의 가책이라고는 눈곱만큼도 없었지.

파울은 현명하게도 할머니의 속임수는 악덕이 아니라 그냥 타고난 반사작용이라는 걸 깨달았어. 아무리 어린애라도 반사작용은 절대 고칠 수 없다는 걸 알잖아. 갓 태어난 아기의 입을 만지면 저절로 그쪽으로 고개를 돌리지. 엄마 젖을 찾는 거야. 그렇지만 할머니가 반사적으로 속임수를 써서 무엇을 찾는지는 여전히 베일에 싸여 있어.

어쨌든 이런 일은 그저 그런가 보다 해야 해. 그래서 두 사람은 차라리 '도시, 국가, 엉터리'란 게임을 하지. 둘이서 규칙을 새로 정했어. 모든 것이 다 허용된다, 단 논리적으로 들려야만 한다. 검고 흰 바둑판무늬가 있는 거미의 뿔이라든지, 초콜릿을 갉아 먹는 고래라든지, 목에 분홍빛 털이 난 햄스터라든지, 버터와 시나몬 냄새가 나는 구운 사과나비처럼 논리적이어야 한다니까.

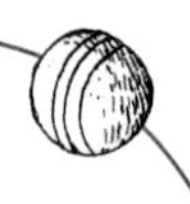

세 번째 장

의미 없고 맘이 편치 않지만 시급한 질문, 그러나 지혜로운 대답은 하나도 없다. 웃옷 주머니의 돌과 자기암시 훈련. 애들이 빵집에서 오나? 뚱뚱이 티나. 권적운과 백과사전 제1권 ㄱ으로 시작하는 부분. 한 아이가 달린다. 사람이 변한다고 해도 그 자신으로 남을까?

질문을 던지는 것 자체가 아무 의미도 없는 그런 질문이 정말 있긴 있다. 이발사의 질문이 그렇고, 얼룩말이 검은 줄무늬가 있는 흰색인지 흰 줄무늬가 있는 검은색인지 묻는 질문도 마찬가지다. 그런데 이런 질문이 전혀 아무 생각 없이 다가오는 경우도 드물지는 않다. 이런 질문은 널리 퍼진다. 아주 급해서 대답을 더는 미룰 수 없다고 허세를 떨면서 주장한다. 정말 그럴까? 다 헛소리다.[1]

오래된 학파, 즉 단 한 번도 젊거나 발랄해 본 적이 없는 학파에 속하는 질문이 있다. 그린베르크 아저씨는 그런 학파에는 보물 같은 존재라고 할 수 있다. 이런 어리석은 질문들을 한도 끝도 없이 쏟아 내므로. 다행히 그런 질문으로 귀찮게 구는 건 미라벨라 아줌마뿐인데, 아줌마는 한 귀로 듣고 한 귀로 흘려버린다. 바로 어제만 해도 그랬다. 저녁 6시 반에 이웃집이 평소보다 좀 더 시끄러워지자 그린베르크 아저씨가 투덜거렸다.

"저 사람들은 자기들끼리 떠드는 것만으로 모자라서 이런 늦은 시간에 잔치까지 벌이나?"

미라벨라 아줌마는 늘 그랬듯 대꾸를 하지 않았다. 홀스타인은 반갑게 눈을 반짝 떴다. 먹을 것을 주나? 아니야? 그럼 아니지 뭐. 홀스타인은 잠깐 가르랑거리다가 새근새근 잠을 계속 잤다.

유감스럽지만 어떤 사람에게는 세상을 움직이는 것 같아 보이는 중요한 질문도 다른 사람에게는 그다지 흥미진진하지 않다. 대개가 그렇다. 예를 들자면 화학 시간에 함유셰일(석유나 석탄이 나오는 지역에 널리 분포하는 검은 회색 또는 갈색의 퇴적암 : 옮긴이) 조각을 가열하면 황화물이 나온다는 사실을 증명하는 것 정도밖에 흥미진진하지 않다고 할까.[2]

마틸다보다 열 살이 많은 이종사촌 언니는 며칠째 자기가 에디를 정말 사랑하는지 묻고 있었다. 눈이 빨갛게 되도록 울면서. 그런데 언니의 엄마, 이모는 이런 질문이 쓸

데없다고 생각한다. 곧 손님 300명이 결혼식에 와서 춤을 출 텐데 그런 질문이 뭐 중요하겠는가. 연어를 구워서 대접할지 쪄서 대접할지 결정하는 게 훨씬 더 중요하다. 그래서 이모는 자기 동생, 즉 마틸다네 엄마에게 거의 매시간 전화를 걸어 상의한다. 그런데 마틸다는 생선을 싫어한다. 굽든 찌든 매한가지다. 마틸다에게는 엄마가 내내 전화통을 붙들고 있는 게 멍청해 보이고, 이종사촌 언니가 징징거리는 게 한심해 보인다. 사람들이 어떻게 생선이나 에디 오빠 같은 하찮은 일에 정신을 다 팔 수 있는지 이해를 못하겠다.

그런데 뚱뚱이 티나는 또 다르다. 마틸다는 비밀을 지킨다는 약속을 받고 요즘 가장 큰 고민을 티나에게 털어놓았다. 티나는 마틸다의 얘기를 들으면서 생각했다. '아휴, 얘는 고민을 사서 하는구나.' 좀 뚱뚱하지만 키가 무척 큰 티나는 첫 키스를 어떻게 하는지 따위에는 관심이 전혀 없다. 남자애들보다 머리 하나는 더 크기 때문에 벌써 오래전에 키스도 한번 못 해 보고 무덤에 가게 되리라고 마음을 다 비웠다. 티나가 때때로 한숨을 쉬는 건 버스 정류장에서 다른 반 여자애들이 놀리기 때문이었다. 비웃음을 사고 무시당하는 데는 넌더리가 났다. 친구들까지 운동장에서 티나의 외모에 대해 농담을 주고받았다.

티나가 같이 시시덕거리기는 해도 웃는 얼굴 가면 아래

에서 울고 있다는 것을 아무도 눈치채지 못했을까? 티나가 얼마나 외로운지 아무도 알아차리지 못했을까? 티나가 쉬는 시간에 구석에 혼자 서 있는 적이 많다는 걸 아무도 알지 못했을까?

뚱뚱이 티나도 이런저런 질문을 던졌다. 인생이 지긋지긋했다. 무엇인가 바뀌어야만 했다. 그냥 이렇게 계속될 수는 없었다. 무엇인가 바뀌어야만 했다.

그래, 바뀔 것이다! 금방. 조금만 기다리도록. 금방 바뀐다니까. 행복한, 세 배나 행복한 시간이 곧 올 테니.

질문에 대한 장은 이제 끝났을까? 아직 아니다. 진짜 중요한 질문들은 아직 언급조차 하지 않았다. 그 질문들은 우리 인류만큼이나 오래되었다. 그렇지만 손톱만큼도 고루하거나 낡지 않았다. 왜 어떤 사람들은 부자로 다른 사람들은 가난뱅이로 태어날까? 왜 사람들은 서로 사이좋게 지내지 못할까? 자유란 무엇일까? 정의란 무엇일까? 왜 전쟁이 일어날까? 이런 질문들은 기폭제라도 되는 듯, 인류의 정신에 늘 불을 붙인다. 몇몇 질문들은 너무나 위험해서 감히 생각할 엄두조차 내지 못한다.

바로 이런 위험한 질문 하나가 파울의 영혼을 태우고 있었다. 외할머니 집에 놀러 가서 할머니가 얼마나 창백해지고 여위었는지 볼 때마

다 파울은 마음을 다잡고 입을 달싹거렸지만…… 결국 용기를 잃고 질문을 그냥 삼켜 버렸다.

언젠가 두 사람은 아주 얇은 자기 찻잔에다 뜨거운 코코아를 따라 마시고 아주 얇은 자기 접시에다 휘핑크림을 얹은 나무딸기 케이크를 담아 먹으면서 함께 앉아 있었다. 그런데 파울이 묻지도 않았는데 할머니가 뜬금없이 대답을 했다.

"그래, 이제 어쩔 수가 없단다. 나는 곧 권적운에 가게 될 거야."

또 러시아의 깊은 정글, 부군디엔 옆에 있는 도시 말인가? 이번에는 멕시코 아드리아 해에 자리한 섬인가? 아니면 파푸아와 인도네시아 바로 옆, 카리브의 알프스에 있는 스키장인가? 파울은 코코아를 다 마시고 책장으로 가서 백과사전 1권, 'ㄱ'으로 시작하는 단어 부분을 펼쳤다. 권익, 권장, 권장도서……. 아, 여기 있구나. 파울은 손가락으로 단어를 하나하나 짚어 가며 읽어 보았지만 아무것도 이해할 수 없었다.

권적운. 비늘구름이라고도 한다. 5~13㎞의 고도에서 나타나는 상층운의 일종으로 빙정으로 이루어져 있으며……. 그러다 갑자기, 무슨 뜻인지 깨달았다. 세상에, 하늘나라 이야기잖아.

숨이 탁 막혔다. 오래 걸렸을까 아니면 한순간이었을

까? 그것조차 알 수 없었다. 파울은 책을 든 팔을 접어서 허공에 놓은 채 벽에 기대어 꼼짝도 못하고 그대로 굳어 있었다. 깨달음이 마치 번개처럼 스치고 지나가면서 파울을 돌로 만들어 버린 것만 같았다.

할머니를 곁눈질했다. 할머니는 아무것도 눈치채지 못한 듯, 탁자에 앉아 케이크를 먹고 얘기를 하고 있었다. 그런데 대체 누구랑 이야기를 하는 거지? 할머니가 입을 열었다 닫고 고개를 숙이더니 웃는 모습이 보였다. 그러나 소리는 들리지 않았다. 할머니가 파울을 보면서 대답을 기다렸다. 대체 뭘 물어봤지? 고개를 숙이니 자기 손이 떨리는 게 보였다. 숨이 가빠졌다. 마치 가파른 산을 달려 올라간 것처럼 가슴팍이 오르락내리락했다.

이제 소리가 다시 들리기 시작했다. 할머니는 따뜻하고 부드러운 목소리로 케이크를 더 먹지 않겠느냐고 물었다. 케이크? 화들짝 놀라서 고개를 흔들었다. 케이크 이야기를 왜 하지? 내가 바보인 줄 아나?

갑자기 이루 말할 수 없는 분노가 몸 안에 퍼지는 걸 느꼈다. 너무 빠르고 너무 거세게 퍼져서 스스로 깜짝 놀랄 정도였다.

"아니요!"

파울은 책을 바닥에 팽개치면서 소리 질렀다. 할머니가 어쩔 줄 몰라서 바라보자 악을 써 댔다.

"왜, 도대체 왜 할머니가 죽어야 해?"

아무것도 도움이 되지 않았다. 할머니가 병에 대해 설명해 준 것도, 갖가지 방법을 다 써 봤다고 맹세를 한 것도, 치료법을 일일이 설명해 준 것도…… 그 어느 것도 도움이 되지 않았다. 파울은 이해할 수도 없었고 이해하려고 하지도 않았다. 절망에 빠져 묻고 또 물었다.

"왜, 도대체 왜 할머니가 죽어야 해?"

할머니가 다가와서 파울의 머리 위에 손을 살포시 올리더니 네 마음을 다 안다는 듯, 퀭한 눈으로 바라보았다. 파울은 거세게 고개를 외로 꼬았다가 벌떡 일어나서 밖으로 나갔다. 복도를 내달려 현관문을 열어젖혔다…….

"파울. 파울, 좀 기다려 봐!"

뒤에서 소리가 났지만 파울은 벌써 계단을 내려가고 있었다.

그냥 밖으로 나가겠다고, 그냥 할머니한테서 멀어지겠다고 생각했다.

아, 드디어 밖에 나왔다. 신선한 공기를 마시니 좋았다.

파울은 갈 곳을 모른 채 거리를 내달렸다. 지나치는 사람들이 놀라서 파울의 뒷모습을 바라보았다. 몇몇과는 부딪치기까지 했다. 그 사람들이 뒤에서 조심하라고 소리쳤다. 그래도 아무 상관 없었다. 비트적거리다가 넘어지면 다시 일어나 때 묻은 바지에 손을 문지르고 나서 계속 달렸다.

“얘야, 왜 그러니?”

어떤 남자가 신호등 앞에서 그렇게 물으며 어깨를 붙잡았다. 파울은 그 손을 뿌리치고 차도로 뛰어들었다. 자동차 한 대가 급히 섰다. 바퀴에서 끼익 미끄러지는 소리가 들렸다. 운전자는 경적을 울리더니 욕을 퍼부었다. 그래도 아무 상관 없었다. 파울은 목적지도 없이 온 도시를 헤맸다. 왼쪽이든 오른쪽이든 아무래도 좋았다. 시내 한복판에서는 거리의 악사들이 연주를 했고 아이 하나가 모자를 들고 돌아다니면서 동전을 받아 모았다. 파울은 마치 꿈속인 양 이 모든 것을 바라보았다. 그리고 마치 꿈속인 양 말하는 소리와 중얼거리는 소리와 웃는 소리가 들렸다. 문이 열렸다. 사람들이 비닐봉지와 장 본 물건을 잔뜩 들고 상점에서 쏟아져 나왔다. 모두 목적지가 있었다. 미래가 있었다. 그래도 아무 상관 없었다.

보슬비가 내리기 시작해 빗방울이 옷깃 속으로 스며들었다. 밤이 느릿느릿 다가와 거리가 어둡게 빛났다. 파울은 녹초가 되어 커다란 밤나무 아래 긴 의자에 주저앉았다. 너무 피곤했다! 머릿속이 윙윙 울리는 느낌이었다. 의자에 누워 작은 벌레처럼 몸을 웅크렸다. 추웠다. 눈물은 더 나지 않았다. 개 한 마리가 다가와서 킁킁 냄새를 맡더

니 짖으면서 펄쩍 뛰어올라 얼굴을 핥아 댔다. 그래도 아무 상관 없었다. 왜, 할머니가 왜 죽어야 해? 오직 그 생각뿐이었다.

마침내 자기를 발견한 사람이 엄마 아빠였는지 할머니였는지, 파울은 알지 못했다. 그저 따뜻하고 차분한 목소리만 어렴풋하게 기억났다. 저항할 힘도 더 남아 있지 않았다. 그래서 누군가가 자기를 안아 들고 집으로 데려가는 데 가만히 있었다.

그다음 며칠 동안 파울은 할머니에게 가지 않겠다고 고집을 부렸다. 할머니가 자기를 속인 것만 같았다. 할머니는 거짓말쟁이야, 순 속임수만 쓰고. 그런 생각이었다. 그렇지만 이건 '도시, 국가, 강' 게임을 할 때와는 전혀 달랐다. 그냥 순순히 따르고 싶지는 않았다.

고집스레 생각했다. 어쨌든 할머니는 곧 죽을 거야. 그러면 심장이 급하게 쿵쿵 뛰었다. 파울은 되풀이하고 또 되풀이했다. 어쨌든 할머니는 곧 죽을 거야. 그 소리는 텅 빈 귓가에 울렸다. 사실 그 말을 제대로 믿지는 않았다. 심지어 할머니가 죽으리라는 사실을 자주 잊기도 했다. 그러나 신나게 놀거나 친구와 이야기하다가 그 일이 다시 떠오르면 부끄러웠고 죄책감도 느꼈다. 그럴 때면 저녁에 깨끗한 침대보 위에 몸을 누이고 잠들기 바로 전에 되뇌어 봤다. 이건 나쁜 꿈일 뿐이야, 이제 잠이 들었다가 깨어나면……. 그러나 아침에 눈을 뜨면 그 사실이 다시 떠올랐다.

아픔인지 두려움인지 분노인지 모를 감정이 마구 날뛰던 어느 날 오후 파울은 할머니한테 받은 선물을 모두 골라내서 방 한가운데 쌓아 놓았다. 침구, 자동차, 만화책, 포스터, 게임, 책……. 끝장을 내고 싶었다. 그러나 그다음에 어떻게 해야 할지 몰라 절절매다가 그냥 다 원래 있던 자리에 되돌려 놨다.

그런데 할머니가 찾아와서 파울의 침대 위에 그냥 앉았다. 파울은 할머니에게서 등을 돌렸다. 그러나 할머니는 자기를 밀어내도록 그냥 놔두진 않았다. 기다렸다. 사위가 조용한데 할머니의 고른 숨소리가 들렸다. 일상의 소음이 조심스럽게 거기 스며들었다. 수도관에서 물 흐르는 소리, 문을 두드리는 소리, 누군가가 문을 잠그는 소리. 마치 시간이 조용하고 따뜻한 오후의 햇살 속에서 끝도 없이 늘어지는 듯했다.

갑자기 이루 말할 수 없는 노곤함이 파울을 덮쳤다. 파울은 거기 몸을 맡기고, 그런 생각을 하면서도 움찔해서 뒤로 물러서지 않았다. 할머니는 죽을 거야. 어쩔 수 없어. 할머니는 죽을 거야. 끔찍하기 짝이 없는 이런 생각이 파울 속으로 밀려들어 오더니, 한없는 사랑과 슬픔으로 파울을 채웠다. 파울은 그저 가만히 있었다. 슬픔은 파울의 심장을 짓눌렀을 뿐만 아니라 몸의 힘줄 하나하나에 깃들고 더 나아가 온 방 안에 흘러넘쳐서 결이 고운 천처럼 물건들 위에 내려앉았다. 책상, 의자, 창문…… 모든 게 슬퍼하고 있었다. 모든 게 슬픔에 싸여 있었다.

파울은 천천히 할머니에게 몸을 돌렸다. 아주 조금씩, 무척 힘이 들었고 자제력도 필요했다. 그리고 마침내 할머니의 얼굴을 바라보았다. 얼마나 살이 많이 빠졌는지. 얼마나 창백하고 늙었는지. 그렇지만 할머니는 여전히 할머니였다. 더 여위고 얼굴에는 병색이 완연하지만 할머니는 그대로였다.[3]

할머니가 속삭였다.

"사랑스런 내 손자 파울, 내 귀여운……."

파울은 딱 한 번 훌쩍거리면서 할머니 품에 몸을 던졌다. 두 사람은 꼭, 아주 꼭 부둥켜안았다.

1 물론 아무 생각 없이 다가오지만 그리 멍청하지 않은 질문도 있어. 꼬마 루카는 1학년 때 웃옷 주머니에다 돌멩이 몇 개를 늘 넣고 다니다가, 어디선가 놀기 시작하면 옆에다 꺼내 놓았어. 루카 엄마는 걱정이 태산 같았어. 그럴만도 하지. 돌멩이가 바람직한 놀이 동무는 아니잖아. 걱정스러운 엄마들이 자주 그렇듯이 루카네 엄마도 대체 어떻게 하면 좋겠냐고 친구들에게 두루두루 물어봤어.

곧 다양한 의견들이 쏟아져 나왔지. 한 친구는 이 서글픈 일을 해결하는 가장 빠른 방법이 발 지압 마사지라고 했어. 다른 친구는 보석 에너지를 이용하라고 권했고 세 번째 친구는 바흐 박사가 창안한 꽃잎 요법을 추천했고 네 번째 친구는 음과 양의 조화가 중요하다고 했어. 마지막에는 심리학자 하나까지 연락을 해 왔어. 루카가 작은 돌을 들고 다니는지 큰 돌을 들고 다니는지, 갈색 돌을 들고 다니는지 검은색 돌을 들고 다니는지, 딱딱한 돌을 들고 다니는지 부드러운 돌을 들고 다니는지 캐묻더니 가족 상담을 통해서 이 중요한 문제를 알아보자고 했어.

마틸다는 언제인가 거실을 지나가다가, 어쩌면 문에 귀를 대고 아주 조금 엿들었는지도 모르지, 어쨌든 딱 맞는 시간에 딱 맞는 장소에 서 있다가 엄마가 루카네 엄마에게 묻는 걸 듣게 됐어.

"자기암시 훈련은 한번 해 봤니?"

자기암실 훈련이라고? 주머니에 돌을 좀 넣고 다닌다고 해서? 해도 해도 너무한다고 마틸다는 생각했어. 물론 재능은 되도록 일찍 발전시켜야 하지. 엄마도 다림질은 전혀 하지 않고 설거지도 거의 하지 않는 아빠를 보면서 늘 투덜대잖아.

'어릴 때 못 배운 건 커서도 못 배운다니까.'

그렇지만 암실에 가두어 놓고 훈련을 시키다니! 고작 돌멩이 몇 개 때문에 한 아이를 그렇게 못살게 굴다니, 너무 심해! 마틸다는 주근깨가 가득한 작은 들창코를 남의 일에 잘 들이밀고 모든 일에 대해, 그것도 처음부터 끝까지 뚜렷한 자기 생각이 있지. 그래서 다음 날, 나중에야 밝혀졌지만, 그 전에는 아무도 감히 하지 못했던 일을 했어. 학교 종이 울리고 수업이 끝나자 루카에게 가서 주머니에 돌을 왜 넣고 다니느냐고 물어본 거야.

"심심하지 말라고."

"심심하지 말라고?"

그래서 마틸다는 알게 됐어. 루카가 돌이 언제나 같은 것만 보면서 지루해하지 않도록 이리저리 들고 다닌다는 사실을 말야. 마틸다네 엄마는 일하다 보면 지루할 틈이 없다고 하지. 그렇지만 돌이 일을 할 수 없다는 건 엄마도 인정해야 할 거야. 어쨌든 마틸다는 루카가 아주 착한 아이라고 생각했고 두 사람은 친구가 됐어. 둘이서 같이 전망이 좋은 자리를 찾아다녔지. 그리고 언덕 위에서 그런 자리를 발견하자 돌을 거기 옮겨 놓았어. 이제 루카의 돌은 거기 놓여 있어. 누가 치워 놓지 않았다면 오늘도 아마 거기 놓여 있을 거야.

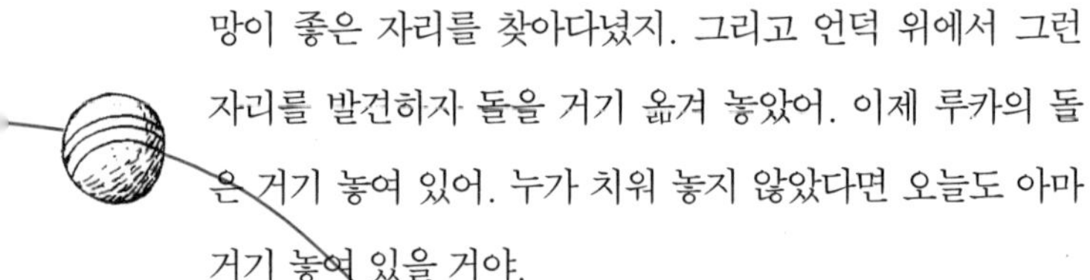

2 마틸다네 반에서 함유셰일을 가열했지만 황화물의 증거를 찾아내지 못한 바로 그 무렵, 마틸다와 루카는 어른이 아이에게 지금껏 던진 것 중 가장 멍청한 질문을 바로 옆에서 듣게 됐어. 두 사람은 수업을 땡땡이치고 빵집에 가서 빵을 사려던 참이었지. 그때 작은 여자애 하나가 배가 산만큼 나온 엄마의 손을 잡고 안으로 들어왔어.

점원이 간살거리는 목소리로 물었어.

"넌 뭐가 더 좋아? 여동생, 남동생?"

여자애는 끙 하고 앓는 소리를 내더니 눈을 똑바로 뜨고 대답했어.

"쿠키요."

마틸다와 루카도 어른들의 어리석음에 고개를 절레절레 저어야 했어. 아니 정말이지 요즘 어떤 애가 아기가 빵집에서 온다고 믿겠어?

2a 한번 솔직하게 말해 보자. 이런 일화들까지 정말 얘기할 필요가 있을까? 아니야. 이런 이야기는 그린베르크 아

저씨의 쓸모없는 대답만큼이나 쓸모없어. 그런데 이런 이야기를 왜 하냐고? 작가가 비틀고 돌리는 걸 좋아하니까……. 마음 같아서는 독자들이 즐거워한다면 공중제비라도 넘고 싶어. 그리고 할 수만 있다면 초콜릿을 공짜로 나눠 주고 싶고 집을 지붕 위에 올려놓고 싶고 우스꽝스러운 익살극을 지어내고 싶어. 작가는 모든 삶의 자연스러운 결말이 죽음이라는 사실을 알아. 모든 이가 죽는다는 사실도 알아. 죽음은 동화에서처럼 악한이 받는 마지막 벌이 아니라는 사실도 알아. 죽음이 아이들의 세계에 영향을 미친다는 사실도 다 알아. 죽음은 그토록 자연스러우면서도 그토록 이해하기 어려운 거야. 사랑하는 사람을 잃어서 슬퍼하는 아이에게 무슨 말을 해야 할까? 아, 그건 작가도 몰라…….

3 사람이 변한다고 해도 자기 자신으로 남을까? 어쨌든 파울은 그렇다고 확신해. 파울네 할머니는 끔찍한 병에 걸렸지만 할머니로 남았거든. 그게 무슨 뜻이냐고? 아마 단 한 가지, 파울이 할머니를 사랑한다는 뜻일 거야. 병은 할머니를 변하게 했어. 할머니는 더 여위었고 더 약해졌고 조금 더 조용해졌어. 파울은 곁에서 걱정스럽게 지켜봤지. 그런데 할머니가 마치 파울이 묻는 말을 듣기라도 한 것처럼 대답했어.

"내가 더 할 수 없는 일이 몇 가지 있단다. 더 하고 싶지 않은 일도 몇 가지 있고. 간단해. 왜냐하면 내가……."

할머니가 더 말할 필요도 없었어. 파울은 다 이해했거든. 파울도 시간이 더 소중해진 걸, 잴 수 없을 만큼 귀해지고 장엄해진 걸 느꼈으니까. 삶은 할머니 옆에서 더욱 풍부해지고 더욱 분명해졌어. 인생은 명확하고 엄밀한 것, 손으로 만질 수 있는 그 무엇이 되었어.

할머니는 자주 말없이 앉아 있었어. 다른 사람들이 할머니가 꿈을 꾸나 보다고 생각하는 동안 할머니는 가만히 지켜보았어. 아침이면 정원에서 새들이 노래를 불렀어. 마당에 널어놓은 빨래는 작은 소리를 내며 펄럭거렸어. 그리고 마침내 도시의 지붕 위로 태양이 떠올라 모든 사물을 황금색 빛 속에 빠뜨려 버렸지.

할머니는 지붕과 바람에 휘날리는 빨래와 나무를 바라보았는데, 그러면 오랫동안 할머니 안에 숨어 있던 그 무엇인가가 이 사물들 속에 비치는 것만 같았어. 이 사물들과 떼려야 뗄 수 없이 연결되어 있는 것만 같았어.

할머니는 아주 오랫동안 잊고 있었지. 아니, 옆으로 밀어 놓았다는 게 더 나을까. 나날의 걱정과 기쁨과 소망만으로도 너무 벅찼거든. 그러나 이제, 이 이른 아침 시간에 할머니 속에 있던 그 무엇이 의식 속으로 들어와서 할머니를 가득 채웠어. 이 모든 게 얼마나 아름다운지, 할머니 속에 있는 그 무엇인가가 흐느껴 울었어. 할머니는 손자의 손을 어루만지면서 그 존재와 온기를 느꼈어. 이 모든 게 얼마나 아름다운지, 할머니는 그렇게 생각하면서 경탄했어. 그건 그 옛날 아이였을 때와 똑같은, 두렵지만 동시에 매혹적인 경탄이었어.

⚜

네 번째 장

얽히고설켜서 거의 꿰뚫어 볼 수 없는 이야기의 시작. 빼빼 마른 피아노 선생님. 말할 수 없는 보물의 발견. 무엇이 아름다운가? 차라리 마오리족이나 미얀마 사람에게. 소망이 현실적이어야 할까? 모든 똑똑한 대답 뒤에는 똑똑한 질문이 있다.

이미 대부분 짐작을 했을 거다. 파울을 발견한 사람은 그린베르크 아저씨였다. 사실 맨 처음 발견한 건 홀스타인이었지만. 파울을 안아서 집에 데려다 준 사람도 그린베르크 아저씨였다. 허리가 아파서 미라벨라 아줌마의 도움을 좀 받았지만.

"또뽈리노, 께 꼬자 아이 화또?(꼬마 생쥐야, 무슨 일이니? : 옮긴이) 대체 무슨 짓을 했기에? 그렇게 나쁘지 않을 거야. 또뽈리노, 두고 보렴, 엄마 아빠가 다 용서해 주실 거야."

아줌마가 속삭였다.

그러니까 그 이튿날, 꽁꽁 얼어붙은 생쥐가 좀 어떤지 물어보라며, 미라벨라 아줌마가 직접 구운 과자를 접시에 담아 그린베르크 아저씨에게 들려서 이웃집에 보낸 건 그리 놀랍지 않았다. 아줌마가 현관문 앞에서 궁금한 눈빛으로 아저씨를 기다리고 있던 것도, 그리고 아이가 왜 뛰쳐나갔는지 설명해 주자 입이 딱 벌어진 것도 그리 놀랍지 않았다.

"그런데 무슨 수가 없을까요?"

미라벨라 아줌마가 물었다.

그린베르크 아저씨는 어깨만 으쓱했다. 무슨 수가 있겠는가? 뭘 어떻게 할 수 있겠는가?

아저씨는 오후에 책을 읽으면서 메모를 몇 장 했다. 그런데 갑자기 머릿속에 무엇인가 떠올랐다. 질문의 책. 어린 시절이 지난 뒤로 그 책에 대해선 생각해 본 적이 없었다. 그런데 그토록 오랜 시간이 지난 지금 얽히고설켜서 거의 꿰뚫어 볼 수 없는 이야기가 뜬금없이 떠오르다니.

누가 그 책을 주었는지 되새겨 봤다. 관리인의 아들, 귀가 큰 그 애였나? 아니야, 우리 반 애였어. 그래, 맞아, 우리 반 애였어. 이름이 뭐였더라? 그 애 이름이…… 젠장, 입가에 뱅뱅 맴돌기는 하는데. 주근깨가 난 둥그런 얼굴만 기억났다. 눈앞에 선연했다. 붉은 기가 감도는 밤색 머리. 곱슬머리가 자꾸 이마 위로 흘러내려서 성급한 손짓으로 뒤로 넘기곤 했다. 그리고 악명 높은 농담을 던지고 나서 짓던 함박웃음. 그 애는 언제나 천진난만한 표정으로 선생님들에게 뻔뻔스러운 소리를 해 댔다. 표정이 어찌나 천진난만하던지, 자기가 어떤 말을 하는지 알고나 있는지 도무지 짐작을 할 수 없었다.

그 애 이름이…… 레오. 그린베르크 아저씨는 기뻐서 무릎을 탁 쳤다. 레오 브란트. 아저씨는 밤나무 아래 긴 의자에 앉아서 신문을 펼쳤다.[1] 그러나 더 읽을 수가 없었다. 레오 브란트와 그 애의 뻔뻔스런 농담에 대해서 생각했고 아저씨 자신에 대해서도 생각했다. 열 살 무렵 자기가 얼마나 불행했는지.

아저씨는 누나의 아주 젊은 새 피아노 선생님에게 홀딱 반해 있었다. 그건 묘하고도 낯설고도, 잘 생각해 보면 불편한 감정이었다. 선생님이 집에 올 때마다 아저씨는 얼굴이 빨개져서는 말을 더듬었다. 대체 어떻게 해야 할지 몰랐다. 복도에서 선생님 목소리가 들리자마자 자기 몸이 너무 길고 마르고 보잘것없어 보였다. 방에서 나오지 않고 숨어 있고 싶었지만 무엇인가가 아저씨를 밖으로, 그 목소리로 끌어냈다. 아, 그러고는 나중에야 책상 앞에 앉아서 절망에 빠진 채 선생님 앞에서 힘겹게 더듬거렸던 단어들을 생각해 보면 얼마나 끔찍했는지…….[2]

다른 사람이 되길 얼마나 간절하게 꿈꿨는지. 어른스럽

고 강한…….[3]

누나는 당연히 아저씨 상태를 금방 눈치채고 놀려 대기 시작했다. 즐겁진 않았지만 견딜 만했다. 그런데 우연히 어른들 얘기를 엿듣게 되었다. 아저씨는 친구와 영화관에 가려고 허락을 받으러 갔다. 사실 문을 두드리고 나서 들어오라고 할 때까지 밖에서 기다려야 했다. 그렇지만 상영 시간을 놓칠까 봐 마음이 급했다. 그래서 그냥 문을 열었다. 눈에 띄지 않고 문가에 선 시간은 아마 30초도 채 안 됐을 거다.[4] 그러나 누나가 거드럭거리며 얘기하는 걸 듣기에는 충분했다. 누나는 얼마 전부터 어른들이 차 마실 때 같이 있어도 된다고 허락을 받은 참이었다. 누나는 월요일과 토요일, 빼빼 마른 피아노 선생님이 들를 때면 귀까지 새빨개지는 멍청한 남자애 얘기를 우스꽝스럽게 하면서 어른들을 웃기고 있었다.

아저씨는 너무 창피해서 눈앞이 아득해졌다. 게다가 엄마 아빠까지 같이 웃는 모습을 보자 더 견디지 못하고 밖으로 뛰쳐나갔다. 이제는 어른들이 아저씨를 비웃은 게 아니라 아저씨와 아저씨의 사랑을 그다지 진지하게 받아들이지 않았을 뿐이라는 것을 안다. 아이들의 어리석은 장난에 웃듯이 웃은 것뿐이었다. 그렇지만 그건 아이들 장난이 아니라 아저씨의 첫사랑이었다.[5] 아, 누나가, 엄마 아빠가, 자기 자신이, 그리고 사실 온 세상이 얼마나 미웠는지.

아저씨가 아마 정신이 나간 것처럼 보였나 보다. 그렇지 않았다면 레오가 굳이 옆에 앉아도 되는지 물어보지 않았을 것이다. 두 사람은 서로 아는 사이이긴 했지만 친하지는 않았다. 어쨌든 아저씨는 주절주절 길게 얘기하진 않았다. 말을 괜히 빙빙 돌리지 않고 돈을 좀 빌려 달라고 부탁했다. 그날 밤 당장 떠날 생각이라고 말했다. 수습 선원이 되어서 유럽을 등지겠다는 결심을 털어놓았다.

두 사람은 공원을 한 바퀴 죽 돌았다. 분수, 플라타너스 길, 카페, 카페, 플라타너스 길, 분수. 마치 어제 일어난 일처럼 기억에 생생했다. 두 사람은 얘기하고 또 얘기했다. 마지막에 레오는 아저씨 손을 붙들고 비밀을 지키겠다고 약속하게 했다. 그러면서도 예의 그 천진난만한 표정을 지어서, 지금 레오가 진지한지 아닌지 도무지 종잡을 수 없었다. 그런 다음 레오는 아저씨를 지하실로 데려가서 질문의 책을 건네주었다.

아, 질문의 책. 말로 이루 표현할 수 없는 보물.[6] 아저씨는 밤마다 주변 사람들이 모두 잠들었는지 확인하고 난 다음에 그 책을 꺼내 왔다. 맨발로 살금살금 문가에 다가가서 조심스럽게 문을 연 다음 밖을 내다보았다. 다들 자나?

그렇다. 사위가 다 어두컴컴했다. 엄마 아빠도 자고 누나도 자고 가정부 아줌마도 자고 심지어 다락방에 사는 그리스 학생까지 불을 껐다.

책을 펼쳤다. 도심에서 교회 종소리가 울렸다. 아저씨는 가물거리는 손전등 불빛 아래에서 책을 읽기 시작했다.

책을 읽는 데 너무 몰두한 나머지 밤이 어떻게 지났는지도 몰랐다. 화들짝 놀라 귀를 기울이니 새들이 지저귀는 소리가 들렸다. 희미한 새벽빛 한 줄기가 두꺼운 커튼 틈으로 스며들었다. 엄마가 깨우러 들어오기 전에 얼른 책을 챙겨서 겨울 옷 사이에 집어넣었다. 아저씨는 얼른 밤이 와서 아이들이 수백 년 동안 자기 고민과 질문을 적어 놓은 책으로 돌아가고 싶어 안달이 날 지경이었다.

왜냐하면 이 모든 아이들과 연결되어 있다는 사실을 아는 건…… 그들도 어떤 날에는 용감했다가 다른 날에는 자신감을 잃었고, 어떤 날에는 명랑했다가 다른 날에는 풀이 죽었고, 어떤 날에는 너그러웠다가 다른 날에는 비굴해졌다는 사실을 아는 건…… 그들의 운명과 걱정과 기쁨에 참여하는 건…… 그들의 비밀스런 욕망과 눈에 띄지 않는 두려움을 아는 건…… 그리고 그들, 이 모든 아이들이 한 사람이 어려울 때 옆에 있어 준다는 사실을 아는 건…… 그래, 그들이 모두 수백 년 동안 서로 이어져 있다는 사실을 아는 건 아저씨 안에 예상치 못한 행복감을 불러일으켰다. 나는 혼자가 아니구나, 친구가 수백 명, 수천 명이나 있구나, 그것도 과거 수백 년 동안 그리고 앞으로도 수백 년 동안. 환성이 저절로 튀어나왔다.

그렇다, 사람은 누구나 다 다르고 세상에 딱 하나뿐이다. 그렇지만 다양한 가운데 서로 이어져 놀랍고도 멋진, 세상에 단 하나뿐인 그림을 만들어 낸다.

아저씨는 30일이 지나자 무거운 마음으로 그 책을 다른 아이에게 넘겨주었다. 그래야만 했다. 그 책이 자기 게 아니라는 사실을 알고 있었으니까. 그 책은 도움이 필요한 모든 아이들의 것이었다.

아저씨는 그 책을 사촌 형에게 건네주었다. 형은 대학에 무척 가고 싶어 했는데 아버지가 가게를 물려준답시고 인문계 고등학교를 그만두게 했다. 형에게 책을 건네주기 전에 아저씨는 레오가 일러 준 대로 책 속에 자기 이야기와 질문을 적어 넣었다. 레오는 이렇게 말했다.

“기다려 봐. 네가 몇 장 새로 쓸 수 있도록 책 안에 적힌 문장들이 갑자기 흐려질 테니.”

이해할 수 없었다.

“어떻게 그럴 수가 있어? 그리고 대체 몇 장이 필요한지 책이 어떻게 알아?”

대답은 듣지 못했다. 그런데 정말 책을 다 읽고 나니까 무엇을 적어 넣을 수 있도록 몇 장이 비어 있었다. 그 부분은 밝게 빛났지만 전등불 아래 비춰 보면 오래된 단어들이 아주 은은하게 내비치는 걸 볼 수 있었다. 아저씨는 오랫동안 곰곰이 생각했다. 어찌할 바를 몰라서 몇 번이나 다시 적었다. 나중에 읽어 보니 놀랍게도 처음 생각한 것과는 완전히 다른 이야기가 적혀 있었다. 그리고 자신의 질문을 찾아내는 데 거의 한 주일 가까이 걸렸다.

아, 그 책이 아직 나한테 있었다면! 오후에 미라벨라 아줌마가 서재에 차 한 잔을 들고 들어와 추궁하는 듯한 눈빛으로 쳐다봤을 때 아저씨는 그렇게 생각했다. 그 책이 아직 나한테 있었다면 그 가엾은 아이에게 건네줬을 텐데. 사촌 형에게 전화를 걸어 볼까 생각도 해 봤다……. 그래, 못할 이유도 없잖아? 그렇지만 아저씨는 벌써 몇 년째 사촌 형이랑 연락을 안 하고 있었다. 아, 한심해라, 얼마나 어리석은 일인지. 사촌 형도 벌써 오래전에 그 책을 딴 사람에게 줘 버렸을 텐데. 그게 얼마나 됐지? 50년? 그 책이 더 이상 존재하지 않을 가능성도 많았다. 어처구니없는 생각이야. 그린베르크 아저씨는 자신이 너무 바보 같아서 고개를 절레절레 저었다.

"우리가 어떻게 해야 할까요, 미라벨라?"

아저씨가 한숨을 내쉬었다. 지금 생각해 봐야 아무 소용도 없지만, 그래도 그 책을 다시 찾아내기만 한다면.

1 언제인가 한 번, 그린베르크 아저씨가 마틸다와 아침을 같이 먹고 난 다음 얼마 지나지 않아서……. 아, 그래, 여기서 미리 다 털어놓을게. 이제 몇 장만 더 넘기면 두 사람은 친구가 돼서 아침도 같이 먹어. 어쨌든 언제인가 한 번, 두 사람은 밤나무 밑에 앉아서 토론을 했어. 사실 토론이라기보다는 마틸다가 더 미룰 수 없는 일이 있는 법이라고 떠들어 대는데 아저씨가 옆에서 들은 거지.

말더듬이보다 더 말하고 싶어 하는 사람은 없고 절름발이보다 더 걷고 싶어 하는 사람은 없고 티나보다 더 살을 빼고 싶어 하는 사람은 없어. 뭐, 티나는 자신의 가장 은밀한 욕구에 대해서 아직 모를 수도 있지. 티나는 홀스타인이랑 같이 덤불 옆에 앉아 있었어. 홀스타인은 개들이 원래 그렇듯 순진무구한 눈빛으로 쳐다보면서 가끔 낑낑대었고, 그동안 티나는 생크림 케이크 한 조각을 혼자 다 먹어 치웠지. 마틸다는 얘기하고 또 얘기하다가 자기 의견을 마침내 한 문장으로 정리했어.

"해야 할 일은 해야만 해요."

그린베르크 아저씨가 말을 끊었어.

"그런데 왜 그래야만 하지?"

마틸다는 도저히 믿을 수 없다는 눈으로 아저씨를 빤히 쳐다봤어. 세상이 만들어진 이래 어떤 남자가 이렇게 멍청한 질문으로 소녀의 말을 끊은 적이 있었나?

"그야, 티나는 궁극적으로 너무 뚱뚱하니까요."

"누구한테 너무 뚱뚱한데?"

아저씨는 그렇게 묻더니 마틸다에게 이야기를 해 주었어.

"마오리족 추장은 얼굴에 문신을 새긴단다. 그리고 미얀마에서는 자라나는 소녀들이 목을 늘이려고 고리를 끼워."

"그래서요?"

마틸다가 대꾸했어. 아, 솔직히 말해서 마오리족이랑 미얀마 사람들이 마틸다랑 무슨 상관이야?

어쨌든 그날 오후 마틸다는 새로운 사실을 알게 되었고, 다음 날 당장 운동장에서 써먹어야겠다고 마음먹었지. 다른 곳에 사는 사람들한테 아름다운 게 뭔지 알기 위해서는 적어도 반 년 동안은 그들과 함께 보내야 한다는 사실 말이야.

"그런 걸 현지 조사라고 한대."

마틸다는 여자애들에게 설명했어. 그리고 자기들도 현지 조사를 좀 하기로 표결에 붙여서 3 대 2로 결정했어. 운동장 맞은편의 원주민들이 대체 어떤 생각을 하는지 알아내려고. 옛 속담에도 있듯 경험은 지혜의 어머니지만, 그리고 적어도 반 년 동안 열과 성을 다해 이 작업에 몰두할 작정이었지만, 일단 탐색은 점심시간 이후로 미뤄 놓았어. 아무리 야무진 여자애라도 자동차와 비행기와 축구에 대한 헛소리를 반 년 동안 듣다 보면 견디지 못할 테니까. 마틸다는 이런 말로 모임을 끝냈지.

"그럴 바엔 차라리 미얀마 사람들에게 가자."

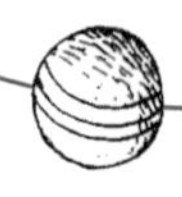

2 마틸다도 이미 남성의 대변자들 옆에서 말을 더듬다가 탄식 소리를 내어 본 적이 있어. 특히 수학 선생님 옆에 있으면 불안하고 답답해지지. 바로 어제만 해도 칠판 앞에 서서 풀라고 내 준 문제를 바라보면서 그저 막막했거든. 사실 우리도 얼마든지 선생님처럼 마구 흥분할 수도 있지만 그래도 세상은 잘만 돌아가. 어떤 이에게 수학 공식은 매우 분명한 문제지만 다른 이들은 마치 길이 없는 숲에서처럼 그 안에서 길을 잃어버리지. 그러니 우리가 굳이 오래 성찰을 해야겠어? 마틸다는 마름모꼴에 대해 회의적이야. 기왕 말이 나왔으니 말인데 사다리꼴이나 직육면체도 그다지 믿음직하진 않아. 이항 공식이나 평행사변형이라면 인생에서 아예 몰아내 버리고 싶어.

3 그린베르크 아저씨가 열 살 때 어떻게 되고 싶었다고? 어른스럽고 강해지고 싶었어? 지나가던 개도 웃겠다. 정말이지 마틸다가 이 헛소리를 들었다면 뭐라고 한마디 해줬을 거야. 마틸다는 궁극적으로 모든 일에 대해, 그것도

처음부터 끝까지 자기 생각이 있잖아. 어른이 되는 것밖에 바라는 게 없을 정도로 멍청한 남자애라면 과연 어떤 여자애 마음을 얻을 능력이 있는지 의심스럽다고 딱 부러지게 말했을 거야. 여자는 무엇을 원할까? 그걸 마틸다가 어떻게 알아? 엄마 말을 믿는다면 여자들은 옆도 아니고, 뒤도 아니고, 앞도 아니고, 빨래바구니 안에 양말을 넣을 수 있는 남자를 원해. 이모 말을 믿는다면……. 그렇지만 차라리 마틸다 얘기를 하자. 마틸다에게 어떤 남자를 원하는지 물었다면 주저하지 않고 대답했을 거야.

"하늘을 날 수 있다면 끝내줄 거야."

그렇지만 하늘을 나는 일처럼 꼭 엄청나게 비범한 일일 필요는 없어. 보이지 않게 되거나 생각을 읽는 것으로 족해. 더 욕심을 내지 않을 거야. 마틸다는 감사할 줄 아는 애거든. 그리고 예를 들어 후베르트 아저씨의 여자 친구처럼 모든 일에 투덜대지도 않아. 그 여자한테는 마틸다 엄마의 유명한 살팀보카(송아지 고기를 햄에 싸서 세이지로 양념해 구운 이탈리아 요리 : 옮긴이)조차도 충분히 얇지가 않았대. 충분히 얇지가 않아? 그래, 그 뻔뻔스러운 여자가 정말 그렇게 말했다니까. 그래서 마틸다 엄마가 한번은 후베르트 아저씨에게 물어봤어. 그 뻔뻔스러운 여자가 이탈리아식 커틀릿이 얼마나 얇아야 하는지 대체 어떻게 아느냐고 말야. 그 여자도 결국 로마 출신이 아니라 로젠

하임 출신이거든. 자, 다시 마틸다로 돌아가자면 마틸다는 조금도 망설이지 않고 다음과 같은 것을 원한다고 적어 넣었을 거야. 첫째 하늘을 날기. 둘째 투명 인간 되기. 셋째 남의 생각 읽기. 뭐, 셋 다 그리 쉽게 이루어지는 소망이 아니란 건 인정할게. 그렇지만 솔직히 말해서 소망이 꼭 현실적이어야만 할까?

4 마틸다에게도 빠끔 열려 있는 문이 유혹적으로 보인 적이 벌써 몇 번 있었어. 그렇지만 누군가가 '반쯤 열린 문으로 엿듣기'란 주제에 대해 자기 생각을 말해 보라고 하면, 마틸다는 두 주먹을 허리에 대고 소리쳤을 거야. 우선 나는 절대 엿듣지 않고 게다가……. 그렇지만 그만하자, 아무도 여기서 구차한 변명이나 정당화나 환상이나 연막작전을 요구하진 않으니까.

5 마틸다도 예전에 첫사랑 때문에 비웃음을 산 적이 있어. 그렇지만 마틸다는 그린베르크 아저씨와는 달리 집에서 뛰쳐나가는 대신 엄마 아빠에게 아주 분명하고 확실하게 사정을 설명해 줬지. 어른들도 분명하고 확실하게 얘기하면 대개는 알아들어. 왜 마틸다한테 남자 친구가 둘이나 있었냐고? 그것도 여섯 살밖에 안 됐을 땐데. 그야 '나랑 데이트할래?'라고 쓴 쪽지를 두 장 받았으니까. 그리고 선

물로 받은 말의 입 안은 살펴보는 법이 아니니까 그냥 두 번 다 그러자고 대답했어. (비록 말보다는 강아지를 받는 게 더 좋았겠지만.) 그리고 마틸다는 늙어빠진 말이 복잡한 남자관계랑 무슨 상관이 있냐고 묻는 아빠에게 만약의 경우 한 사람이 아프거나 할 때를 대비해서 예비 남자 친구를 하나 마련해 두는 건 언제나 좋다고 설명해 줬어. 아빠도 코감기 유발 인자가 어느새 100가지도 넘는다는 현실을 감안할 때 그건 아주 지혜로운 일이라고 했지.

6 마틸다에게도 마음에 쏙 드는 책이 한 권 있었는데……. 그만! 이제 됐어. 이 마틸다란 애는 무슨 일에나 꼭 끼어들어야만 하니? 예의도 몰라? 어른이 말씀하실 땐 끼어들면 안 된다고 배우지도 않았어? 그리고 언제나 그냥 머릿속에 떠오르는 대로 할 말 못할 말 다 떠벌려선 안 된다는 것도? 자기 차례가 올 때까지 얌전하게 기다리지 못해? 아니, 마틸다는 기다리지 못해. 그리고 왜 기다려야만 하는데? 게다가 마틸다가 억지로 비집고 들어온 것도 아니고 작가가 비록 주석에서만이지만 자리를 내주었잖아.

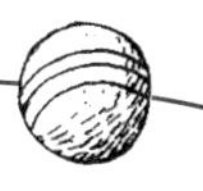

"뭐야? 주석에서만이라고?"

마틸다가 이제 화가 머리끝까지 나서 외칠 거야. 마틸다는 자기 인격과 품위에 무엇이 합당한지 알고 있거든.

이 장에서 대체 뭘 다루기에 마틸다에게 걸맞은 자리를 찾아 주지 못하는 거야? 누렇게 바래서 찢어지기 쉬운 종이쪽에 대해. 세월이 흘러 점점 흐려져서 그 의미를 알아내기보다는 짐작해 내야 하는 글자에 대해. 커다랗고 둥글둥글한 아이들 글씨로 쓰인 고민에 대해.

그린베르크 아저씨가 마틸다에게 이게 어떤 책인지 가르쳐 줘야 했다면, 아저씨는 잠시 생각해 본 다음 헛기침을 하고 아마 이렇게 말했을 거야.

"이건 질문의 책이란다."

"질문이요?"

그린베르크 아저씨가 대답했겠지.

"응, 아이들은 질문을 많이 하잖아."

그럼 마틸다는 외쳤을 거야.

"아, 끔찍해!"

마틸다는 아주 잘 알고 있거든. 선생님도 똑같은 말을 했어. '애들은'이라고 말해 놓고선 한숨을 쉬더니 마치 아이들 머리 위의 벽에 자기가 할 말이 적혀 있는 것처럼 쳐다보면서 말을 이었지. 애들은 듣는 사람 귀에 못이 박히도록 계속 물어 댄다니까. 그래도 그게 바람직한 거라고. 몰랐던 사실을 알게 되는 것보다 더 흥미진진한 일이 어디 있겠냐고? 그러더니 선생님은 일어서서 토어스텐 쇼터라는 자기 이름을 걸고 애들이 자기 수업 시간에 정말 알고

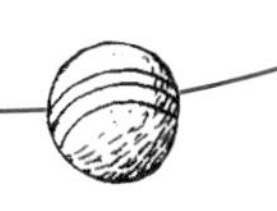

싶은 것을 연구하게 될 거라고 진지하게 맹세했어. 이를테면 공기는 색이 없는데 하늘은 왜 푸른색인지, 아기들은 어떻게 엄마 배 속에 들어가고 전기는 어떻게 콘센트에 들어가는지. 선생님은 상식의 어두움 속에 빛을 가져오는 것보다 더 흥미진진한 일은 세상 어디에도 없다고 믿는다고. 그래서 아이들이 어리석은 채 죽지 않도록, 다음 수업 시간까지 반드시 알아야 할 것을 지난 다섯 주 동안 깔때기로 들이붓고 망치로 때려 박았지.

마틸다는 경악에 차서 소리쳤을 거야.

"아, 끔찍해라. 질문의 책이라니!"

벌써 5주 동안 지겨울 만큼 당했거든.

그리고 마틸다는 아마 이렇게 말했을 거야.

"고맙지만 됐어요."

믿을 만한 대답이라면 당분간은 지긋지긋했으니까.

"누가 믿을 만한 대답 이야기래? 중요한 건 믿을 만한 질문이야."

"질문이라고요?"

그린베르크 아저씨는 조곤조곤 대답해 주었을 거야.

"그래, 얘야, 똑똑한 대답 뒤에 숨어 있는 똑똑한 질문을 찾는 것보다 흥미진진한 일이 있다면 말만 하렴."

⚜

다섯 번째 장

아직 지나지 않은 과거에 대해서. 세 가지 충격적인 소식, 제대로 놀라면 딸꾹질만 멎는 게 아니다. 기뻐서 귀까지 빨개지는 칭찬. 너무 긴 신발 끈. 외국인은 외국에서도 외국인일까? 테세우스의 배.

아직 잊지 않았나? 우리 주인공이 어디 남아 있는지 기억하는가? 세 장 전에 그 애는 공원에 앉아서 개 한 마리와 이야기하고 있었다.[1] 유달리 참을성이 있는 애는 아니니까 이제 다시 움직이게 만들어야 할 때다. 하지만 그 전에 뭐 하나만 빨리 설명해야겠다. 이 이야기는 약간 뒤죽박죽이다. 그냥 즐겁게 발을 내딛기 시작해서 모든 시간 사이를 왔다 갔다 한다. 어떤 이들에게는 이러는 게 분명 마뜩치 않을 거다. 여기선 과거를 왜 전혀 지나가지 않은 것처럼 이야기할까?

문법적으로 제대로 하자면 파울네 외할머니에 대해선

과거완료형으로 이야기해야 한다는 건 의문을 품을 여지가 없다.

할머니가 아직 살아 있었다면 이렇게 말했을 터였다.

"과거완료? 그건 하와이에 있는, 남극과 비슷한 얼음 천국이잖아."

얼음 천국? 하와이에? 음!

파울이 이 말을 들었다면 곧장 책장으로 달려갔을 거다. 그렇지만 백과사전 제1권, 'ㄱ' 부분에 나오는 내용도 그 애에게 확신을 주진 못했을 거다. 거기엔 이렇게 쓰여 있을 테니까. 과거완료, 완성된 과거.

문법만으로 결정을 내린다면 할머니는 정말 과거의 일일 것이다. 할머니는 이제 죽었으니까. 다만 이 소설에서는 마음이 결정을 내린다. 그리고 누군가 날마다 할머니 생각을 한다면 이런 과거는 아직 지나가지 않았다. 문법조차도 할머니를 종이로 싸고 리본을 묶어 잿빛 과거 속에 착착 치워 버릴 수 없다는 사실은 알아야 한다.

"문법이라……."

파울의 할머니는 이렇게 말했을지도 모른다.

"그건 아주 위험한 설치류인데……."

마틸다는 파울과 그린베르크 아저씨를 어떻게든 엮어 주겠다던 결심을 이튿날 벌써 잊어버렸다. 이유는 여러 가지였다. 우선 반 친구들 가운데 두 명이 자기보다 용돈을 두 배나 더 받는다는 사실을 알게 됐다. 그것만 해도 충격적인데 그것만으로는 충분하지 않았는지, 그 애들은 그 돈을 받으면서도 쓰레기를 내다 버리지 않아도 된다고 했다! 게다가 엄마는 간식 시간에 먹을 빵에 오이랑 갓만 넣었다. 그것만 해도 충격적인데 그것만으로는 충분하지 않았는지, 바로 옆에서 1학년 꼬맹이가 소시지와 겨자가 든 빵을 우적우적 먹었다. 그것만 해도 충격적인데 그것만으로는 충분하지 않았는지, 운동장 반대편에서 애들이 마틸다가 아직 가지도 않았는데 모임을 시작했다. 그것만 해도 충격적인데 그것만으로는 충분하지 않았는지, 마틸다가 하던 표결 관리를 이번에는 티나가 맡았다.

반 애들은 모두 티나 주위에 모여서 여러 가지 일을 토론하고 사이좋게 표결에 붙였다. 쇼터 선생님이 반 아이들의 상식의 어둠 속에 조그마한 빛을 가져다주려고 하는데, 모두 힘을 모아 그 빛을 불어 끄기로 23 대 2로 결정했다.

이어 쇼터 선생님은 정신이 나간 게 틀림없다는 확신에 22 대 3으로 이르렀다. 또 아이들의 호기심을 달래려는 쇼터 선생님의 소망은 타고난 결함이라고 23 대 2로 정의했다. 그런 종류의 결함도 성공적으로 고칠 수 있다는 의견이 21 대 4로 우세했다. 몹시도 지루한 수업이 두 시간도 채 지나기 전에, 아이들은 아주 우연히 대답에 대해 정말 효과 있는, 단 하나뿐인 치유법을 찾아냈다. 바로 질문이었다.

루카 엄마가 루카에게 너무 긴 신발 끈을 사 주지 않았다면 신발 끈이 계속 풀리지 않았을 테고, 뚱뚱이 티나가 풀린 신발 끈 위에 실수로 발을 올리지 않았다면 루카도 넘어지거나 다치지 않았을 터였다. 루카도 까진 무릎을 보고 속이 상하지 않았다면 한창 수업할 때 엉뚱한 질문을 던지지 않았을 터였다.

"신발 끈은 왜 자꾸 풀리는 걸까?"

이런 질문을 던지고 궁금해져서 대답을 찾는 것보다 더 재미있는 일이 없었기에, 반 아이들은 곧 신발 끈이 왜 자꾸 풀리는지 나름대로 자기 의견을 말했다. 이게 자연법칙일까 아니면 자연현상일까? 저주일까 아니면 불행일까? 불운일까 아니면 역학적인 문제일까? 그리고 중요한 질문들은 파일에 다 정리를 해 두기에, 반 아이들은 곧 이 신발 끈 문제를 어떤 파일에 집어넣어야 하는지 나름대로 자기 의견을 말했다. 파란색 '지구와 우주' 파일인지, 초록색 '발명과 발견' 파일인지, 노란색 '동물과 식물' 파일인지, 아니면 붉은색 '우리의 몸' 파일인지.

아이들은 이 질문을 '우리의 몸' 파일에 집어넣어야 한다고 22 대 3으로 결정했다. 그동안 쇼터 선생님은 어이가 없다는 듯 천장을 올려다보거나, 아니면 손바닥에 머리를 묻어 버렸다. 그러고 나서 뚱뚱이 티나가, 흥미로운 질문이 나온 김에 누가 제비뽑기에서 정말 귀한 상품을 탄 적이 있는지 알아보자고 했다. 그러나 쇼터 선생님을 끝장낸 것은 누가 수학 공부하는 걸 도와주지 않겠냐는 마틸다의 질문이었다. 선생님은 너희가 무식함의 하수구에 빠져 죽는다고 해도 난 아무 상관 없다고 소리를 빽빽 지르더니, '나, 토어스텐 쇼터는 이제부터 교과서만 파고들지 그 뒤나 앞이나 옆에 숨어 있는 지식은 상관하지 않겠다.' 고 맹세했다.

반 아이들은 그건 또 조금 아쉽다고 22 대 3으로 결정했다.

마틸다는 엄마에게 용돈과 쓰레기 문제의 부당함에 대해 열심히 설명했지만 아무 성과도 거두지 못하고, 잠들기 바로 전에야 파울과 그린베르크 아저씨를 이어 주겠다는 결심을 다시 떠올렸다. 물먹은 솜처럼 지쳐서 침대에 누운 채 난방장치가 규칙적으로 윙윙거리는 희미한 소리를 듣고 있던 참이었다. 마룻바닥과 나무 옷장에서도 마찬가지로 딱딱거리고 삐걱거리는 소리가 나는 듯했다. 마틸다가 잘 알고 또 좋아하는 소리였다. 그건 집과 마틸다를 이어 주는 소리였으니까. 마틸다의 방이랑 엄마랑 잠드는 일이랑 씻은 뒤 조금 졸려서 오리털 이불을 덮고 누웠을 때 온몸에 번지는 따뜻하

고도 아늑한 느낌을 마틸다와 이어 주는 소리였으니까. 그런 소리를 듣는데 왜 그린베르크 아저씨가 떠올랐는지는 모르겠다. 아무튼 그랬다. 아, 그렇구나. 마틸다는 눈을 살짝 떴다.

"랍비예수마리아알라부처님이시여."[2]

"랍비예수마리아알라부처님이시여."

마틸다는 그렇게 속삭였다. 확실한 게 좋은 거니까. 마틸다는 그린베르크 아저씨가 어떤 신을 믿는지 몰랐다.

"랍비예수마리아알라부처님이시여, 뭔가 아주 드문 일이, 뭔가 엄청나게 비범한 일이 일어나게 하소서. 너무나 비범해서 그린베르크 아저씨가 어쩔 줄 모를 일이 일어나게 하소서."

마틸다는 뭔가 깜짝 놀랄 만한 일이 생겨야 그린베르크 아저씨가 비로소 자기 상황을 바꾸리라고 생각했다. 마치 제대로 놀라게 해야 딸꾹질이 멈추는 것처럼. 마치 자기가 수학에서 빵점을 맞았을 때 비로소 교과서를 펼치게 된 것처럼. 마틸다는 제대로 놀라는 게 가장 효과적이라는 자기 이론을 철저하게 믿었다. 그것도 롤러코스터를 탈 때처럼, 모골이 송연할 정도로 놀라야만 했다. 그런 이론에 대해 투덜대는 사람이나 의심하는 사람에게, 마틸다는 확실한 증거로 후베르트 아저씨 이야기를 들이밀었다. 후베르트 아저씨는 국세청에서 밀린 세금을 대체 언제 낼 거냐고 물어보자 깜짝 놀라서 도망쳐 버렸다. 하루아침에 모든 것, 즉 뮌헨 근처 자기 집과 오펠 차피라 자동차와 포도주 저장고와 뻔뻔스런 여자 친구까지 다 남겨 두고 떠나 버렸다. 그렇다. 아저씨는 어찌나 충격을 받았는지 그다음부터 죽 외국에서 살고 있다.[3]

마틸다는 그린베르크 아저씨가 잠에서 화들짝 깰 만큼 충격적이면서도 엄청나게 비범한, 세상에 오직 하나뿐인 일을 단 한 번이라도 경험해야만 아이들을, 그 가운데서도 특히 파울을 눈여겨보게 되리라고 굳게 믿었다.

그런데 마틸다는 그린베르크 아저씨가 이미 파울을 눈여겨봤다는 사실을 몰랐을까? 아저씨가 지친 몸으로 꽁꽁 얼어붙은 파울을 안아서 집으로 데려다 주었다는 사실을? 그다음부터 아저씨 머릿속에서 파울 생각이 떠나지 않는다는 사실을? 아니, 마틸다는 몰랐다. 아무도 마틸다에게 얘기해 주지 않았기 때문이다.

이 '비범한' 일이 과연 무엇인지는 마틸다조차 선뜻 대답할 수 없었다. 물론 몇 가지 일을 상상해 보긴 했다. 날마다 조금씩 다르게. 그때그때 기분에 따라. 배고파 죽겠다는 느낌이 들면 갖가지 음식으로 잘 차린 식탁을 그려 보았다. 햄이랑 바삭바삭한 통닭이랑 구운 감자랑, 치즈 소스를 얹은 토르텔리니(밀가루 반죽 안에 돼지고기나 치즈를 넣어 작은 만두처럼 빚은 이탈리아 파스타의 일종 : 옮긴이)랑 비엔나소시지랑 비엔나 슈니첼이랑(송아지 고기로 만든 커틀릿 : 옮긴이), 딸기 케이크랑 폭신한 핫케이크랑 아몬드가 들어간 초콜릿이랑, 진짜 버터 향기가 나는 버터 크래커랑 소시지 꼬치랑 으깬 감자 요리랑, 햄버거랑 바닐라 아이스크림이랑 초콜릿 케이크랑, 와플과 레모네이드로 잘 차린 식탁. 물론 비타민을 보충하기 위해 브로콜리도 있어야 한다. 좀 심하다고? 그럼 브로콜리는 빼도 된다.

수업 시간에 지루할 때면, 귀가 먹먹할 정도로 큰 소리가 난 다음 분홍빛 장대비와 보랏빛 우박이 쏟아지고 진득진득한 초콜릿 빛 일식이 이어지길 바라곤 했다. 그럼 천장의 불빛을 아무리 밝게 해 놓아도 숙제를 적는 일이 (아쉽게도) 불가능해질 테니.

슈퍼마켓에서 엄마와 함께 긴 줄에 서 있다가 기다리는 게 너무 지겨워지면 모두들 갑자기 잠이 들어 버리길 간절하게 원했다. 온 세상이 갑자기 예고도 없이 몇 분 동안 멈추어 있는데, 혼자 깨어서 진열대 위에 있는 초코바와 과자를 죄다 맛볼 수 있길.

그리고 아직 잠에서 덜 깨어 아침 식탁에 앉았을 땐, 모든 사물이 엄마에게 콕 집어 의견을 말해 주었으면 좋겠다고 생각했다. 마틸다가 1학년 때부터 써 온, 예쁜 곰 모양

컵은 아마 이렇게 말할 것이다.

"이봐요, 얘가 아무리 자기 방을 안 치워도 용돈은 더 필요해요. 그리고 방에 그물 침대가 하나 있으면 끝내준다고요. 게다가 아이가 개 한 마리가 있으면 좋겠다고 2년째 노래를 하는데, 아무리 집이 좁다지만 작은 개도 있잖아요. 또 이왕 말이 나왔으니 말인데 다른 애들은 밤 10시까지 안 자요. 요즘 8시 반에 잠자리에 드는 애는 없다니까요."

그렇지만 이 경우에는 말하는 곰 모양 컵처럼 엄청나게 비범한 일이 아니어도 괜찮았다. 마틸다는 아주 작은 일이라도 비범한 일이라면 기적을 불러일으키리라고 확신했다. 그래서 혼자 웅얼거렸다.

"랍비예수마리아알라부처님이시여, 적어도 뭔가 아주 작은 일이 일어나게 하소서."

1 홀스타인은 사람들이 자기에게 말 거는 것을 좋아했어. 마틸다가 이야기를 하면서 쓰다듬기라도 하면, 아, 그럼…… 사실 홀스타인에게는 소시지 한 조각 받는 것을 빼고는, 미더운 사람이 말하는 걸 듣는 일이 가장 좋았지.

물론 그 사람이 친절하게 말을 걸어야 한다는 것은 기본이야. 누군가가 나긋나긋하게 '이 미련한 개새끼'라고 불렀다면, 무뚝뚝하고 퉁명스러운 목소리로 '우리 착한 강아지'라고 부르는 것보다 더 마음에 들어 했을 거야. 홀스타인은 이런 점에서 그린베르크 아저씨와 무척 닮았어. 그린베르크 아저씨도 부드러운 목소리로 간살거리는 말을 좋아했고, 칭찬을 받으면 그저 흐뭇해서 귀까지 빨개지거든.

홀스타인이 자기에게 하는 말을 알아듣느냐고? 그걸 어떻게 알아? 설령 그렇다고 쳐도 그게 뭐 중요하겠어? 아마 다 이해한 거야. 아니면 말고. 홀스타인은 말의 내용이 아니라 말투를 들어. 홀스타인이 개가 아니라 사람이라면 홀스타인에게 진실이란 사상이 아니라 감정 속에 있다고 주장할 수도 있지. 그렇지만 개는 사람이 아니니까, 아무리 사람들이 홀스타인에게 자주 말을 건다고 해도 확실한 건 다음과 같은 사실뿐이야. 홀스타인은 자기가 이해할 수 있는 것만 이해했고, 그런 점에선 착하긴 하지만 어리석은 엘리 할머니와 똑같았어. 엘리 할머니는 포커 게임을 할

때 어떤 카드를 쥐고 있어야 하는지 전혀 몰랐고, 그래서 게임을 하는 족족 질 수밖에 없었지. 그렇다고 포커 게임을 하는 게 재미가 없었을까? 설마! 홀스타인도 자기 이름을 들으면 언제나 신이 나서 꼬리를 쳐 댔어.

2 마틸다가 저녁마다 신을 부르며 기도하는 걸 루카가 알았다면 바이킹의 신인 오딘도 부르라고 충고를 해 줬을 거야. 오딘은 다리가 여덟 개인 말을 타고 다녔을 뿐만 아니라, 비록 애꾸눈이었지만 용맹스럽기 짝이 없어 온갖 업적을 다 이루어 냈거든. 그런데 오딘까지 불렀다면 어떻게 들렸을까? 랍비오딘. 예수마리아오딘. 오딘부처알라. 게다가 왜 오딘만 부르고 비슈누나 크리슈나는 부르지 않지? 마미 와타나 텐그리는? 아메노코야네나 요르드나 무지개 뱀 유르룽구르는? 시치후쿠진이나 올러룬이나 파파레그바는? 오구나 바카나 마부나 바하우라는?(비슈누부터 바하우라까지 모두 세계 여러 나라, 여러 민족의 신 이름 : 옮긴이)

2a 후베르트 아저씨는 어깨를 으쓱 추켜올리면서 말했을 테지. 오구? 바카? 마부? 사람들이 죄다 모자란 것 아니야. 자기가 믿는 신에게 이름 좀 제대로 지어 줄 수 없어? 그리고 솔직히 말해서 인도인이나 인디언이나 일본인이나

아프리카인들의 신이 우리랑 무슨 상관이야. 그들도 다 외국인이잖아.

2b 그렇지만 외국인도 외국에선 외국인이 아니야. 그리고 만약 누가 후베르트 아저씨처럼 다리를 쩍 벌리고 서서, 일본인은 일본에서도 여전히 외국인이며 아메노코야네는 평범한 사람은 거의 발음할 수 없는 신의 이름이라고 주장한다면, 그 사람은 단 한 가지 사실만 드러내는 셈이지. 즉 자기가 세상에 대해서 아무것도 모른다는 사실을.

2c 마틸다는 비록 작은 들창코를 다른 나라에는 거의 들이밀지 않았지만 신이 매우 많다는 사실쯤은 알고 있어. 어쩌면 신은 하나뿐인데 이름만 많은지도 모르지. 만약 그 이름을 모두 외워야 한다면 몇 달 동안 헛되이 애써야 했을걸.

2d 그래도 영어 불규칙동사를 익히는 것만큼 헛되지는 않겠지.

3 후베르트 아저씨는 외국에 살지만 그곳도 그리 나쁘지는 않다고 만족스럽게 주장할 수 있도록 꾸며 놨어. 그리 나쁘지 않다니, 그 말이 정확하게 무슨 뜻인지 묻는다면,

아저씨는 조금도 주저하지 않고 고향이랑 똑같이 좋다고 내답했을 거야. 후베르트 아저씨에게 좋은 것이란 자기가 잘 아는 것이거든. 자기가 잘 아는 것, 오래전부터 익숙한 것이 정말 좋은지 그렇지 않은지는 아무 상관 없어. 그리고 실제로 아저씨는 똑같은 잡지를 사서 읽고 똑같은 음식을 주문해서 먹고, 이웃들과 똑같은 사건이랑 똑같은 소문에 대해 토론하고 이야기했어. 심지어 거실의 가죽 소파까지 고향에 있던 것과 똑같았지. 후베르트 아저씨가 새로운 환경에서도 아주 편안해하는 것은 확실해. 그리고 외국에선 어쩔 수 없지만, 만약 거기 외국인까지 없었다면 아저씨는 흐뭇해서 고개를 끄덕이며 정말 고향이랑 똑같다고 말했을 거야.

세상의 가장자리까지, 그리고 조금 더 멀리 갈 수 있다고 해도, 먼 나라의 평평하지 않은 포석에 걸려 비틀거린다고 해도, 세상의 기기묘묘한 풍습을 볼 수 있다고 해도 무엇이 달라졌을까? 아무것도 달라지지 않아.

"그래도 그럴 수는 없어!"

그린베르크 아저씨는 그렇게 외치고 후베르트 아저씨에게 자기가 무척 좋아하는 이야기를 해 주었을 거야.

"아테네 사람들은 테세우스란 사람을 매우 존경한 나머지 그가 탔던 배를 100년 동안 보관했대요……."

그러나 나무가 썩어 들어가서 아테네 사람들이 선판을

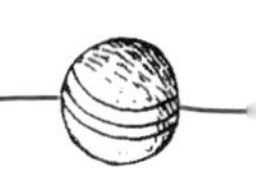

새로 갈았다고 얘기하기도 전에 후베르트 아저씨는 슬금슬금 꽁무니를 빼다가 줄행랑을 놨을 거야. 그래, 그린베르크 아저씨는 철학자들이 예로부터 골머리를 앓아 온 질문을 던지지도 못했을 거야. 왜냐하면 후베르트 아저씨가……. 그런데 잠깐, 선판을 완전히 새로 간 옛날 배가 여전히 테세우스의 배일까? 그건 잘 모르겠어. 그러나 한 가지 사실만은 분명해. 어떤 사람들은 평생 동안 내내 자신의 선입견을 등에 지고 다녀. 그래서 멀리 외국까지 나갔지만 고국에서처럼 여전히 꽉꽉 막혀 있지.

⚜

여섯 번째 장

독일어 선생님도 임신을 한다. 옛날 속담. 즐겨 보는 프로그램과 끔찍한 우울함의 관계에 대해서. 전화 통화. 불평뿐이었지만 좋은 결말.

미라벨라 아줌마가 팔을 삔 건 기도가 이루어져서일까? 그것도 마틸다가 처음으로 '랍비예수마리아알라부처님이시여.'를 중얼거린 지 딱 이틀 다섯 시간 삼십 초가 지난 다음에.[1] 아니면 독일어를 가르치는 클라게스 선생님이 임신을 해서일까? 솔직히 말해서 어떻게 임신을 했는지는 모르지만. 왜냐하면 아무도 독일어 선생님이 남자랑 같이 있는 걸 본 적이 없었다. 심지어 모든 일에, 그것도 처음부터 끝까지 뚜렷한 자기 생각이 있는 마틸다까지도.

어쨌든 독일어 선생님은 임신을 했고, 오직 아기 이름[2]과 임신 중 체중 변화와 국민 질병인 정맥류 이야기만 했다. 그리고 자기 반 애들이 현장 학습을 가는데 같이 갈 수도 없었다.

결국 음악 선생님이 독일어 선생님 대신 스물다섯 명의 아이들을 데리고 농장 체험 여행을 가야 했다. 자기는 건초 알레르기가 있다고 하소연해 봤지만 소용이 없었다.

그래서 마틸다네 반의 첫째 시간인 음악 수업은 하지 않게 되었고, 마틸다는 학교에서 돌아온 다음 곧바로 숙제를 하는 대신 텔레비전 앞에 앉아 있기로 결정했다.

그 때문에 다음 날 아침, 수업이 없는 음악 시간에 수학 숙제를 하려고 했을 때 비로소 책받침을 잃어버린 걸 알아차렸다. 당연히 숙제를 하는 게 조금 어려워질 수밖에 없었다.

마틸다는 엄마 눈치를 살핀 다음 아침을 먹고 나서 눈에 띄지 않게 길모퉁이 문방구에 다녀오는 게 현명하리라고 생각했다.

아줌마가 홀스타인을 데리고 현관문을 나서는 바로 그 순간 마틸다가 큰길을 건너게 된 건 이렇게밖에 설명할 도리가 없었다.

그런데 홀스타인은 바로 얼마 전에 아저씨의 실내화를 또 물어뜯었고 그 벌로 음식을 줄이게 되었다. 그래서 그날 그 시간까지 아무것도 얻어먹지 못했다.

그러니까 홀스타인이 마틸다를 알아보고 간식 시간에

먹는 맛있는 빵을 떠올린 것도 무리가 아니었다.

홀스타인은 꼬리를 치고 짖으면서 목줄을 세차게 끌어당겼다.

홀스타인이 목줄을 어찌나 세게 끌어당겼는지 미라벨라 아줌마는 균형을 잃고 욕설을 내뱉으면서 장바구니를 떨어뜨렸다.

그리고 장바구니를 떨어뜨린 데 당황해서 안절부절못하다가 비틀거렸고, 그렇게 휘청거리면서 허둥대다가 발을 헛디뎠고, 결국 넘어져서 바닥에 엎어졌다.

옛 속담에도 나오듯 세상에는 골칫거리인 일이 세 가지 있다. 군인과 다이어트와 성직자.

간단히 말해서 미라벨라 아줌마는 오른쪽 팔목을 삐었고, 그래서 이탈리아 아스티에 사는 언니네 집에 며칠 가 있기로 했다. 아줌마는 떠나기 전에 자기 일을 대신할 사람을 소개해 줬는데, 아저씨가 늘 바라던 모습에 쏙 들어맞는 여자였다. 풀을 빳빳하게 먹인 하얀 앞치마를 두르고, 알록달록한 먼지떨이로 책과 기념품 위를 털고 다니지만 자기 마음대로 뭘 밀어 놓지도 않고, 절대 찾을 수 없도록 뭘 정리해 놓지도 않았다. 장을 보러 집을 나설 때 문을 쾅쾅 닫지도 않았다. 빨래와 다림질을 하면서 언니와 전화로 시끄럽게 수다를 떨지도 않았다. 양말도 파란 양말은 파란 양말이랑, 밤색 양말은 밤색 양말이랑, 검은 양말은 검은 양말이랑 짝을 잘 맞춰서 장롱 서랍 속에 넣어 놨다. 그린베르크 아저씨에게 선물이나 기념품이나 코바늘로 뜬 조그만 깔개 따위를 가져다주지도 않았다. 아저씨는 그런 걸 어디 써야 할지 몰랐지만 그래도 거실에 잔뜩 쌓아 놓고 있었다. 아저씨에게 찾아와서 홀스타인 불평을 하지도 않았고 개를 버르장머리 없이 키운다고 잔소리를 하지도 않았다. 언니나 자기가 즐겨 보는 텔레비전 프로그램이나, 허리 통증이나 2층에 사는 사람들 이야기를 하지도 않았다. 그렇다. 아침에 올 때 '안녕하세요?' 하고 집에 갈 때 '안녕히 계세요.' 하는 것 빼고는 아예 말을 하지 않았다. 어쩌다 아저씨에게 할 말이 있어도 서재에 불쑥 들어가지 않고, 문을 두드리고 나서 아저씨가 '들어오세요.' 하고 말할 때까지 밖에서 기다렸다.

확실했다. 새 가정부 아줌마는 완벽했다. 그야말로 보석 같은 존재였다. 어찌나 완벽한지 그린베르크 아저씨는 왠지 미심쩍어져서 사흘 만에 아줌마를 해고해 버렸다. 날씨가 이렇게 좋은데 늘 서재에 앉아 글만 쓴다고 내내 잔소리를 해 대는, 짜증 제조기 미라벨라 아줌마를 아저씨가 그리워할 줄이야. 아줌마가 집 안을 치우거나 요리를 할 때 흥얼거리는 아름다운 노래가 그리웠다. 그렇지만 더 아쉬운 것은 부엌에서 나는 구운 감자 냄새랑 아저씨의 수수께끼를 들어 줄 사람이었다.[3] 아저씨는 몹시 울적했다. 홀스타인까지 아줌마가 팔을 삔 다음부터는 실내화도 물어뜯지 않았다.

그날 마틸다가 그렇게 급하지 않았고 아줌마에게 그렇게 무관심하지 않았다면, 아마 아줌마를 봤을 때 세상에 흔해 빠진, 눈에 띄지 않는, 아무 개성도 없는 사람만 발견하지 않았을 것이다. 아줌마가 그날 아침 홀스타인을 데리고 현관문으로 나왔을 때 화가 머리끝까지 나 있었다는 것도 눈치챘을 것이다.

미라벨라 아줌마는 표정을 구기지 않으려고 무척 노력을 했다. 아줌마도 자존심이 있으니까 얼마나 상처를 받았는지 드러내고 싶지 않았다. 그래도 화가 나서 자기도 모르게 자꾸만 고개를 저었다. 그런데 이 버르장머리 없는 개 때문에 넘어지기까지 하자 이곳에 더 있을 이유가 없다고 결정을 내렸다.

반 시간 전에 그린베르크 아저씨는 산책을 나갔다가 꽃다발을 들고 돌아왔다. 흔한 꽃다발인 데다가 조금 시들하기까지 했지만 아줌마는 눈이 휘둥그레졌다. 아저씨는 전에도 땅에서 자라는 것을 가져다준 적이 있었다. 아스파라거스, 무, 버찌, 시금치. 그러나 꽃다발은 그렇게 오랫동안

같이 지냈어도 처음 받아 보았다.

"꽂이요."

그린베르크 아저씨는 괜히 그런 말까지 했다. 그리고 다른 말이 더 떠오르지 않는지 꽃다발을 식탁 위에 놓고 서재로 들어가 버렸다. 아저씨가 무엇인가 적고 있는데 똑똑 문 두드리는 소리가 났다. 미라벨라 아줌마가 들어왔다. 아줌마는 한참 자기 손만 내려다보며 뜸을 들이더니 헛기침을 하고 나서 지금까지 이렇게 기쁜 적이 없다고 말했다. 그린베르크 아저씨는 귀까지 빨개져서 손사래를 쳤다.

"아 별거 아닌데요, 뭘. 아무것도 아니에요. 보잘것없는 거예요."

기분은 은근히 좋았지만 별일 아니라는 듯 말했다.

그러나 아줌마가 아저씨의 작은 정성이 아주 커다란 기쁨을 주었다고 되풀이하자 점잔은 그만 떨고 속내를 드러냈다.

"그냥 장미꽃이랑 다른 거 좀 곁들인 건데 뭐 그런 말씀까지 하세요. 게다가 떨이로 싸게 샀어요."

아줌마가 왜 당장 돌아서서, 그것도 문을 쾅 닫으면서 밖으로 나갔는지 아저씨는 도저히 이해할 수가 없었다.[4]

벌써 사흘째, 아줌마는 아스티의 언니 집에 머무르고

있었다. 그리고 벌써 사흘째, 그린베르크 아저씨는 저녁마다 홀스타인과 함께 텔레비전 앞에 앉아서 아줌마가 좋아하던 프로그램을 보며 말했다.

"이렇게 계속할 수는 없어, 홀스타인. 내일은 전화해서 당장 돌아오라고 할 거야."

넷째 날 아저씨는 정말 전화를 걸었다.

"여보세요, 그린베르크입니다."

누군가가 전화를 받자 그렇게 말했다. 그러고 나니 무슨 말을 더 해야 할지 막막했다. 왜 전화를 했을까? 왜 '여보세요, 그린베르크입니다.' 하고 중얼거렸을까? 멋지지 않았다. 정말 멍청한 말이었다. 말할 때 아무 생각도 하지 않았나 보다! '여보세요, 그린베르크입니다.' '여보세요, 그린베르크입니다.'

전화선 맞은편에서 부스럭거리는 소리가 났다. 손에서 손으로 전화기를 건네주는 듯했다. 그린베르크 아저씨는 머릿속이 텅 비는 것 같았다. 단어도 문장도 떠오르지 않았다. 그저 윙윙거리는 소리만 났다. 세상에, 난 이탈리아어도 못 하잖아! 거의 영원처럼 느껴진 몇 초가 지난 다음에야 비로소 생각이 났다. 내가 대체 무슨 생각으로 전화를 걸었지. 설사 내가 이탈리아어를 할 줄 안다고 해도, 미련하긴, 이건 그냥 어리석은 짓일 뿐이야.

몹시 창피했다. 너무 창피해서 손은 축축해졌고 목은

바짝 말라 왔다. 이런 생각이 들었다. 아, 바보, 내가 얼간이처럼 굴고 있잖아. 왜 아줌마랑 통화하려고 했지? 나 완전히 미쳤나 봐. 누가 보면 어쩌려고!

사실 그린베르크 아저씨가 그다지 멋져 보이지는 않았다. 외려 무척 처량해 보였다. 기운이 쏙 빠진 데다가 흥분해서 얼굴도 달아올랐다. 누가 아저씨의 이런 모습을 봤다면 이 사람이 위대한 학자라고는 꿈에도 상상하지 못했을 터였다. 거의 아무도 이해하지 못하는 논문을 몇 킬로미터나 써 내려갈 수 있고, 많은 민족과 문화의 풍습과 전설과 설화를 잘 알고 있으며, 사람들이 경험하는 것을 조심스럽게 파고 들어가는 그런 사람이라고는.

"그린베르크 씨? 그린베르크 씨예요?"

"미라벨라."

아저씨는 마음이 놓여서 한숨을 내쉬었다. 그런 다음 아저씨 입에서는 불평만 줄줄 쏟아져 나왔다. 조곤조곤 다 털어놓았다. 잠을 잘 자지 못한다고. 그러니 아침에 일어날 때 너무 피곤하다고. 그리고 오후에 산책을 나갈 힘조차 없다고. 아저씨가 날마다 먹는 건 음식이라고 부를 수도 없다고. 물론 당근 삶은 걸 좋아한다면 얘기가 다르지만. 이틀째 우편물을 하나도 못 받았다고. 심지어 광고지도 안 들어왔다고. 다시 비가 내릴 것 같다고. 그것도 벌써 사흘 내내. 욕실 천장의 전등이 고장 났다고. 팔꿈치에 구멍이 난 회색 스웨터를 찾을 수가 없다고. 허리가 다시 아프다고. 옆집인지 그 옆집인지 몰라도 집수리를 하는지 너무 시끄럽다고. 게다가 정부에서는 사회복지 예산을 다시 줄이려 한다고.

그린베르크 아저씨는 아줌마가 별일도 아닌데 이탈리아에 전화하느라고 얼마나 많은 돈을 낭비하는지 언제나 확실히 계산하는 사람이었다. 그런데 그런 사람치고는 아주 많은 돈을 썼다. 그렇지만 아무것도 아닌 일에 돈을 헛되이 쓴다는 느낌은 전혀 들지 않았다. 비록 '아휴', '저런', '어쩌면 좋아요' 말고 다른 말은 하지 않는다고 해도 아줌마 목소리를 듣고 있었으니까.

아저씨는 마지막으로 쓰레기차에 대해서 툴툴거리고 나서 퉁명스럽게 물었다.

"그나저나 팔 삔 데는 좀 어때요?"

"아휴, 그린베르크 씨."

미라벨라 아줌마는 한숨을 쉬더니, 수화기에 대고 거의 들리지 않을 만큼 나지막하게 속삭였다.

"저도 그린베르크 씨가 보고 싶어요."

"그럼 빨리 돌아오세요. 지금 당장."

그린베르크 아저씨가 무뚝뚝하게 말했다. 그렇지만 목소리에 짜증은 전혀 배어 있지 않았다.

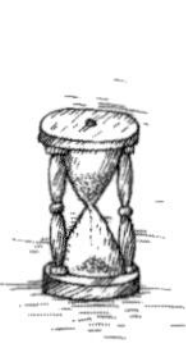

1 마틸다는 '랍비예수마리아알라부처님이시여.'를 중얼거릴 뿐만 아니라 실제 도움이 된다면 가지가지 방법을 다 이용하지.

학교에서 시험을 본다면 등굣길에 보도블록의 이음매가 아니라 한가운데를 밟으려고 주의해. 그리고 물론 "공책 꺼내세요, 시험 칩니다." 하는 소리를 듣자마자 적어도 기도문 하나는 중얼거려. 하굣길에 계단을 뛰어올라야 할 때 숨을 한껏 들이마시고 멈추지. 3층까지 숨을 내뱉지 않고 올라갈 수 있다면 성적에서도 희망이 조금 보이는 거야. 물론 문제가 영어 불규칙동사나 이항 공식이라면 어쩔 수 없지만. 마틸다는 날 때부터 그런 건 아예 이해를 할 수 없도록 태어났거든.

아침에 차가운 우유 한 잔을 마신다면 잔을 제 자리에 올려놓고, 또 만약 엄마가 싱크대 앞에 서 있다면 엄마가 돌아보면서 말을 걸기 전에 다 마시려고 하지. 일요일에 할머니 댁에 갈 때, 가는 길에는 빨간 자동차를, 돌아오는 길에는 파란 자동차를 세어 봐. 아니면 엄마가 후베르트 아저씨의 여자 친구, 그 뻔뻔스런 여자에 대해서 몇 번이나 불평을 하는지, 아빠가 일요일에 차를 모는 사람에 대해서 몇 번이나 불평을 하는지 세어 보든지. 물론 우연히 마주치는 모든 숫자를 나누고 곱하고 더해서 마지막에 자기 행운의 숫자가 나오는지도 시험해 봐.

마틸다는 부지런하게도 밤을 준비하기 위해서 자기 전에 해야 할 수많은 과제들을 생각해 냈어. 그래서 오리털 이불은 천장의 전등이 다 꺼지기 전에 귀까지 끌어당겨야 하고, 커튼은 가는 빛줄기 하나도 새어 나오지 않게 잘 쳐야 해. 또 저녁마다 아빠와 함께 침대 밑과 장롱 속을 살펴보는 건 기본이고, 때로는 수사 범위를 커튼 뒤까지 확장하기도 하지. 자기 방에 괴물이 산다고 믿어서가 아니야. 그저 최선을 다하는 거야. 마틸다는 인생이 제멋대로 흘러가도록 그냥 보고만 있는 게으름뱅이는 아니거든.

그래서 아빠가 성적이 마음에 들지 않는다고 안경 너머로 엄하게 쳐다볼 때면 마틸다는 어깨만 으쓱 추켜올리고 말아. 정말이지 마틸다에게 책임을 물을 수는 없어. 가슴에 손을 얹고 말할 수 있어. 숨 멈추기, 보도블록, 기도, 빨갛고 파란 자동차……. 난 정말 방법이란 방법은 다 써 봤다고요.

2 이름은 매우 중요해. 솔직히 말해서 한 번쯤 자기 이름에 불만을 가져 보지 않은 사람이 있을까? 언제가 됐든 한 번쯤 그런 생각을 안 해 본 사람 말이야. 엄마랑 아빠가 나한테 미라벨라나 마틸다나 파울이나 한스라고 이름 붙일 때, 자기들이 무엇을 하는지 정말 곰곰이 생각해 봤다면 좋았을걸. 나한테 다른 이름을 붙여 줬다면 분명 완전히

다른 사람이 되어 있을 텐데.

탁자는 외국에 있어서 테이블이라고 불리지 않는 한 탁자야. 의자는 의자고, 꿀은 짜지 않고 달아. 그렇지만 예를 들어 모든 사람들이 미라벨라라고 부르는 미라벨라는 자기 이름을 지을 때 부모님이 실수하셨다고 생각해. 자기도 한마디 거들 수 있었다면 그라치아라고 이름 지어 달라고 부탁했을 거야.

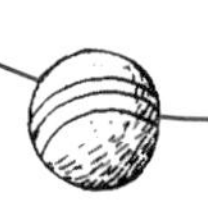

마틸다도 자기 이름이 자기에게 어울린다고 생각하지 않아. 마틸다 귀에는 영 비밀스럽게 들리지 않거든. 마틸다, 마틸다, 그 이름은 여러 해 지나는 동안 곰 모양 컵만큼이나 친숙해졌지. 어쩌면 더 친숙해졌는지도 몰라.

파울 얘기를 하자면, 그 애는 자기를 바멜레로라고 불러 줬으면 뭐든지 다 내놨을 거야. 그리고 다들 뚱뚱이 티나라고 부르는 티나는 자기 이름을 생각만 해도 자존심이 무척 상했어. 꼬마 루카에게는 이름이 별로 중요하지 않았어. 루카는 이렇게 생각했지. 다리가 여덟 개인 말을 타고 다녔을 뿐만 아니라 비록 애꾸눈이었지만 용맹스럽기 짝이 없어 온갖 업적을 다 이루어 낸, 바이킹의 신 오딘처럼 될 수만 있다면 난 루카라고 불려도 상관없어.

그래, 다들 이르든 늦든 자기 이름에 대해서 불만을 토로하지. 예비 엄마 아빠들이 이 사실을 미리 알 수 있었다면 아기 이름을 지었다가 내버리면서 서로 싸우는 데 더 많은 시간을 보냈을 거야. 홀스타인만은 자기 이름이 마음에 쏙 드는 것 같아. 그러니 누가 이름을 부르면 기뻐서 꼬리를 마구 흔들지. 드디어 먹을 것을 주나? 아니야? 그럼 아니지 뭐.

3 그린베르크 아저씨는 흥미진진한 수수께끼로 즐겁게 해 줄 사람이 아무도 없었어. 즐겁게 해 주다니? 그게 정말 아저씨 머릿속에 떠오른 말이야? 그래, 믿기 어렵지만 아저씨는 '즐겁게 해 준다.'라고 생각했어. 때로는 '흥겹게 해 준다.'나 '기쁘게 해 준다.'라는 말도 떠올랐지. 그런데 아저씨는 다 잊어버린 걸까? 일요일 아침 식탁에서 수수께끼를 입에 올리자마자 엄마 아빠가 눈동자를 굴리던 사실을? 3분 동안 삶아 낸 달걀을 작은 진주층 숟가락으로 두드리면서 '내가 숫자 둘을 생각했는데…….' 하고 명랑하게 말을 꺼내자마자 엄마 아빠가 보내던 절망적인 눈빛을? 수수께끼를 들고 방에 찾아가면 누나들이 신음 소리를 내고는 쫓아내던 일도 다 잊어버리고 만 걸까?

그리고 벌써 10년 동안이나, 아저씨가 미용사에게 수수께끼를 낼 때면 손톱 관리 조수가 미용사에게 안됐다는 눈빛을 보낸다는 사실도 전혀 눈치채지 못한 걸까? 미용사가 아저씨 웃옷을 받아서 옷걸이에 걸 때면 아저씨는 물었지.

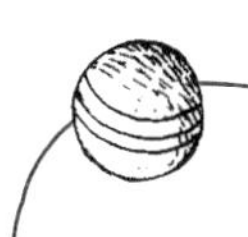

"열 사람이 있는데 다른 사람들과 서로서로 다 악수를 해요. 악수를 모두 몇 번이나 할까요?"

신문 판매원? 세탁소 아줌마? 우편집배원? 2층에 사는 사람들? 아저씨가 예를 들어 '암탉 한 마리 반이 하루 하고도 한나절 동안 알을 하나 반씩 낳는다면…….' 하고 물어볼 때 그 사람들이 대답을 하나? 그저 빙그레 웃으면서 잘 모르겠다고 어깨를 으쓱하지. 아니면 고개를 젓고 눈동자를 굴리거나 모자를 쓰고 자리를 피해 버리거나.

오직 미라벨라 아줌마만 아저씨가 수수께끼를 들고 다가올 때 기뻐했어. 아줌마는 아저씨 목소리를 좋아했거든. 그렇지만 거위, 숫자, 악수, 암탉, 그리고 그 밖에도 누가 아는지 모를 여러 가지 일에 대해서는 아무 관심도 없었어. 그린베르크 아저씨가 그걸 눈치챘을까? 아니, 아저씨는 물론 전혀 눈치채지 못했지. 아저씨는 수학 퀴즈가 인간이 지금까지 만들어 낸 가장 완벽한 오락거리라고 생각하거든. 그러니 다른 사람들이 수학 퀴즈를 좋아하지 않을 거라고는 상상도 할 수 없지. 설사 눈치를 챘다 하더라도 수수께끼를 내는 일을 멈추지는 않았을 거야. 부엌에 가서 아줌마에게 수수께끼를 내면서 오늘은 무슨 요리가 나올지 냄비나 프라이팬을 슬쩍 훔쳐보는 게 가장, 그냥 가장 좋았으니까.

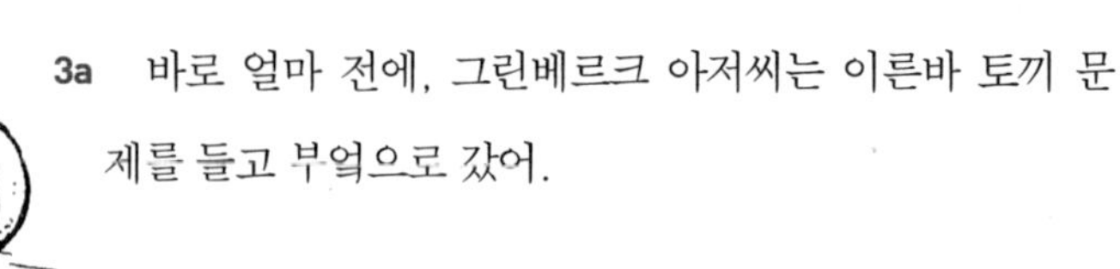

3a 바로 얼마 전에, 그린베르크 아저씨는 이른바 토끼 문제를 들고 부엌으로 갔어.

한 남자가 담장으로 완전히 둘러싸인 곳에서 토끼 한 쌍을 기르고 있어. 첫째 암컷이 달마다 토끼 한 쌍을 낳고 그 암컷이 태어난 지 두 달이 됐을 때부터 새끼를 낳을 수 있다면 1년에 토끼 몇 쌍을 사육할 수 있을까?

"왜 토끼를 담장 안에 두고 길러요? 말이 안 되잖아요."

미라벨라 아줌마가 알고 싶어 했어.

"말이 안 된다고요? 말이 안 돼? 아니, 세상에! 중세의 가장 중요한 수학자 피보나치가 낸 유명한 수수께끼가 말이 안 되다니요?"

그린베르크 아저씨는 소리를 버럭 지르고는 마음이 상해서 쿵쿵거리며 나갔어. 그래서 아줌마는 그 남자가 1년에 토끼 몇 쌍을 짝지을 수 있는지, 끝까지 알 수 없었단다. 뭐 관심도 별로 없었지만.

오직 홀스타인만 자주 그렇듯 답을 들었지.

"이건 정말 쉬워서 어린애들도 다 알 수 있단 말이야, 홀스타인."

아저씨가 말문을 열었어.

"처음에는 토끼 한 쌍이 있잖아. 한 쌍이 새로 태어나면

두 달째에는 새끼를 낳을 수 있어. 암컷 한 마리가 한 달에 새끼를 두 마리 낳으면 한 쌍이 되고……. 이건 정말 애들도 다 알도록 쉽단 말이야, 홀스타인."

홀스타인은 눈을 잠깐 떴어. 먹을 것을 주나? 아니야? 그럼 아니지 뭐. 그리고 새근새근 계속 잠을 잤어.

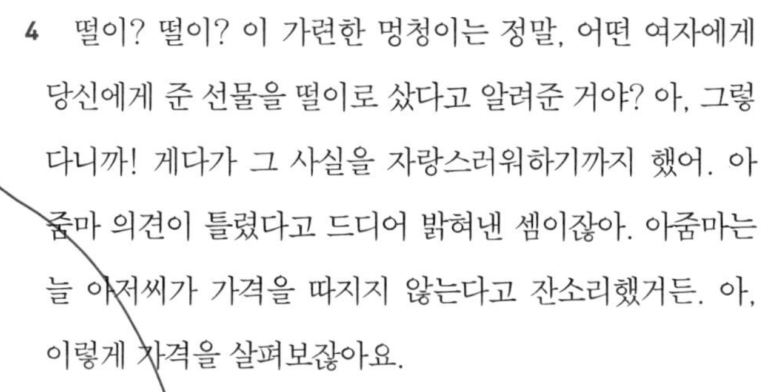

4 떨이? 떨이? 이 가련한 멍청이는 정말, 어떤 여자에게 당신에게 준 선물을 떨이로 샀다고 알려준 거야? 아, 그렇다니까! 게다가 그 사실을 자랑스러워하기까지 했어. 아줌마 의견이 틀렸다고 드디어 밝혀낸 셈이잖아. 아줌마는 늘 아저씨가 가격을 따지지 않는다고 잔소리했거든. 아, 이렇게 가격을 살펴보잖아요.

그런데 아저씨는 사람들이 떨이 물건을 재빨리 집어 오긴 하지만, 그런 물건들을 선물로 받는 건 좋아하지 않는다는 사실을 정말 몰랐을까? 누가 아저씨에게 그걸 말해 줬겠어? 쿠에스의 니콜라우스(1401~1464, 갈릴레이에 훨씬 앞서 지동설을 주장한 철학자 : 옮긴이)? 헤겔? 플라톤? 그런 게 대체 어디 적혀 있는데? 순수이성비판(이성의 구조를 다룬 칸트의 대표 저작 : 옮긴이)에? 그린베르크 아저씨는 그런 일에 대해선 아무것도 몰랐어. 인생과 그 관행에 대해서라면 진짜 얼간이였지. 하루 종일 책에다 코를 박고 있는 전문가 바보라고나 할까. 그런 책들은 비

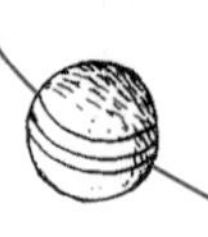

록 인생을 다루긴 하지만 장미와 떨이 상품에 대해서는 다루지 않지. 이런 점에서 아저씨는 길 대신 하늘만 쳐다보고 걷느라 우물에 빠졌다는 별 해석자 탈레스와도 조금 비슷했어.

"아, 그래요? 떨이라고요!"

아줌마는 톡 쏘아붙이고는 휙 돌아서서 방에서 나가 버렸어. 아줌마가 몹시 속이 상했다는 사실을 아저씨가 알아챘을까? 그럴 리가! 아저씨는 벌써 몇 분째 머릿속을 빙빙 도는 새로운 문장 때문에 골머리를 썩고 있었어. 그러면 나중에 오늘은 무슨 요리가 나오는지 물어보러 부엌에 갔을 때, 자기가 아줌마에게 기쁨 대신 고민을 주었다는 사실을 눈치챘을까? 아니, 아줌마가 이런저런 일에 대해 투덜거리는 걸 들어 주기는 했지만, 그럴 때면 자주 그렇듯 머릿속으로는 몰래 자기 자신과 대화를 나누었지. 아저씨는 아줌마가 불평을 할 때면 몇 가지 생각을 하거든.

그런데 솔직히 말해서 아저씨 생각이나 아줌마 불평이나 우리가 옛날부터 다 알고 있는 거잖아. 기껏 꽃다발을 사 줬더니 이렇게 신경질이나 내다니, 아저씨는 다시금 자기 친절함의 희생양이 됐다고 생각하고 있었어.

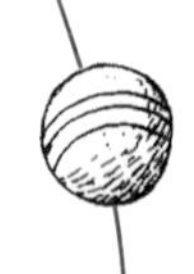

일곱 번째 장

기념품. 우스꽝스러운 작은 난쟁이 조각상. 먼지떨이와 부드러운 목. 베이컨과 스크램블드에그를 곁들인 구운 감자. 성모상 네 개. 세상에서 가장 흔한 성. 현명함도 행복에 속할까? 나지막한 투덜거림과 끝이 없고 향기가 나는 숲.

호두까기, 뻐꾸기시계, 에나멜을 칠한 조개껍데기, 뱃사람들이 쓰는 매듭, 풍경, 라이터, 접시, 잔, 워터볼, 오지항아리……. 기념품은 해가 갈수록 늘어났다.

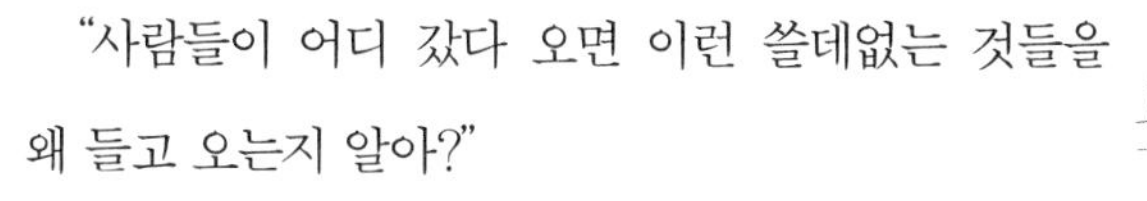

"사람들이 어디 갔다 오면 이런 쓸데없는 것들을 왜 들고 오는지 알아?"

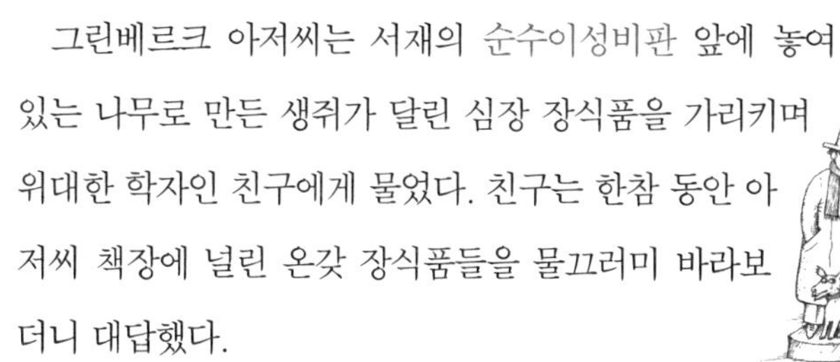

그린베르크 아저씨는 서재의 순수이성비판 앞에 놓여 있는 나무로 만든 생쥐가 달린 심장 장식품을 가리키며 위대한 학자인 친구에게 물었다. 친구는 한참 동안 아저씨 책장에 널린 온갖 장식품들을 물끄러미 바라보더니 대답했다.

"사람들이 어떤 장소를 기억하길 원한다는 건 경험상 알 수 있어."

그러나 성질을 꾹 누르고 우스꽝스러운 작은 난쟁이 조각상을 바라보는 동안 그린베르크 아저씨에게는 어떤 장소는 물론 어떤 사람도 떠오르지 않았고, 즐거운 휴가철의 기억조차 떠오르지 않았다. 그저 마뜩치 않으면서도 다시금 양보해야 했던 기억만 떠올랐다. 아저씨는 미라벨라 아줌마에게 적어도 한 번쯤은 이 끔찍한 물건들에 대해 자기 의견을 똑 부러지게 일러 주고 싶었다.

"코는 안경을 쓰라고 있는 거고 돌은 성을 지으라고 있는 거고 발은 양말을 신으라고 있는 거지만, 물뿌리개와 갈퀴를 든 이 우스꽝스러운 난쟁이 조각상은 대체 뭐에 쓰라는 거요?"

그렇지만 아저씨는 자기가 아무 말도 하지 못하리라는 것을 벌써 알고 있었다. 기껏해야 모기 소리로 '고마워요.' 하고 말리라는 것을. 그게 속상했기 때문에 아줌마가 없는 틈을 타서 이 쓸모없는 선물들을 다 없애 버리려고 마음먹었다. 아줌마가 정성껏 모아 온 기념품들을 다 갖다 버리겠다는 것인가? 설마. 설령 버린다 한들 어디 갖다 버리겠는가. 아저씨는 그저 공원에 모이는 개구쟁이들을 기쁘게 해 줄 계획이었다.

"아이들이 얼마나 좋아했는지 몰라요."

나중에 아줌마에게 그렇게 말하면서 자신을 인심 후한 사람으로 내세우고 싶었다. 이런 일도 이웃 사랑과 관련이 있을까? 없을 것도 없다! 자기에게도 유용한 것만 남에게 선사하란 법은 없으니까. 그리고 다음 날, 아저씨가 밤나무 아래로 상자를 질질 끌고 가서 자선을 베푸는 왕자님처럼 인심 좋게 장식품들을 나눠 주었을 때, 모두들 좋아서 입이 헤벌쭉해졌다.[1]

밤나무 아래에서 그린베르크 아저씨에게 좋은 생각이 하나 떠올랐다. 물뿌리개와 갈퀴를 든 우스꽝스러운 작은 조각상을 갖고 갈 사람을 마침내 발견한 바로 그 순간에. 아저씨는 이 난쟁이들에게 우리 집에서 집안일을 좀 해 보겠느냐고 물어볼 생각이었다.

난쟁이? 어떤 난쟁이? 설마 상자를 뒤적거리고 있는 아이들? 아무도 마틸다와 루카를 하루 일을 마치고 흥겹게 노래를 부르며 집으로 돌아가는 작은 광부들이랑 비교하지는 않았을 것이다. 그린베르크 아저씨만 빼놓고 어느 누구도. 마틸다도 아저씨가 자기를 누구랑 뭉뚱그려서 똑같이 취급하는지 알았다면 따끔하게 한마디 해 줬을 터였다.

그런데 그린베르크 아저씨는 애들이 먼지떨이를 사용해 본 적이 단 한 번도 없다는 걸 모르나? 보아하니 전혀 모르는 것 같았다. 아저씨는 이미 마틸다와 루카에게 집안

일을 도와 본 적이 있는지 물어봤다.

집안일을 도와 본 적이 있냐고? 아, 얼마나 가슴 아픈 주제인지! 마틸다는 안타깝게도 요즘은 내내 집안일만 해야 한다고 투덜거렸다. 그저께만 해도 자기 방을 치워야 했고, 그것만으로는 충분하지 않았는지 쓰레기까지 억지로 내다 버려야 했다고. 아저씨 집에서 청소를 좀 할 생각이 있냐고?

마틸다와 루카는 서로 마주 보았다. 이 아저씨가 정신이 나갔나? 우리가 할 일이 없어 빌빌거리는 줄 알아.

마틸다와 루카의 망설이는 표정을 본 그린베르크 아저씨가 얼른 덧붙였다.

"물론 돈을 줄 거야."

"관심이 아주 많아요!"

두 아이는 환성을 질렀다. 그리고 이리저리 빙빙 돌리지 않고 얼마를 받게 될지 당장 물어보았다. 눈이 휘둥그레질 만큼 큰돈이었다.

"그렇지만 대신 청소를 하고 간단한 요리도 해야 해."

아저씨가 설명했다.

"청소든 요리든 그저 맡겨만 주세요."

마틸다가 신이 나서 대답했다.

너무나 진실하게 들려서 거짓일 수밖에 없었다.[2]

"뭐라고요? 가정부를 내보내셨다고요? 그렇지만…… 그렇지만…… 지금 제정신이세요?"

다음 날 저녁, 그린베르크 아저씨가 이제 누가 요리용 주걱과 먼지떨이를 쥐고 흔들지 알려 주려고 조금은 덜 쑥스럽게 전화하자 미라벨라 아줌마는 어이가 없다는 듯 외쳤다. 그리고 마지막으로 한마디 덧붙였다.

"그건 말도 안 돼요!"

미라벨라 아줌마가 전화선 맞은편에서 고개를 절레절레 흔드는 모습이 선연했다. 오른쪽에서 왼쪽으로 그리고 왼쪽에서 오른쪽으로. 오른쪽에서 왼쪽으로 그리고 왼쪽에서 오른쪽으로.

"요리는 대체 누가 하고요?"

누가 요리를 하냐고?

"아이들이요."

아저씨는 기어드는 목소리로 대답했다.

"세상에, 집에 불이라도 지르시려고요?"

아줌마가 소리쳤다. 그리고 다시 아줌마가 전화선 맞은편에서 고개를 절레절레 흔드는 모습이 선연했다.

아저씨는 자기가 다 감독할 거라고 말을 돌렸다.

"아니! 갈수록 태산이네요!"

미라벨라 아줌마가 외쳤다. 단어 하나하나에 경멸이 어려 있었다.

이번에는 화를 내지 않으려고 마음먹었지만, 그래도 자기의 미식가적인 능력이 폄하되자 아저씨는 조금 속이 상했다. 이게 보답이라니, 아저씨는 다시금 자기 친절함의 희생양이 됐다고 생각하고 있었다. 여기 이 사람을 보라, 순교자여.

아저씨는 언제 어디서나 이성적이고 신중하게 행동하려고 했기 때문에, 아이들과 일을 시작하기 전에 베이컨과 스크램블드에그를 곁들인 구운 감자 요리를 만드는 데 무엇이 필요한지 목록을 만들어 보았다. 서랍을 다 뒤져 봤지만 요리법을 찾지 못했기 때문에 기억을 되새겨서 적어야 했다. 홀스타인이 고개를 갸웃거리며 쳐다보는 동안 아저씨는 눈을 지그시 감고, 자기가 가장 좋아하는 요리를 준비하는 미라벨라 아줌마의 모습을 떠올려 보았다. 달걀을 그릇 가장자리에 칠 때 나는 소리가 들리는 듯했다. '달걀, 그릇 가장자리'라고 적었다. 그러자 그 순간 아줌마의 사랑스러운 갈색 눈이 떠올랐다. 아저씨가 조리대에 기대어 말을 하는 동안 아줌마가 어떻게 웃어 주었는지 눈앞에 생생했다. '거품기'를 적고 나서 조금 망설이다가 '커다란 빨간 그릇'도 적어 넣었다. 아저씨는 자기 기억을 한 조각씩 죽 훑어가고 있었다. 아줌마가 돌아서서 아저씨 말을 듣다가 자그마하고 예쁘장한 머리를 끄덕이는 모습이 보였고, 까치발로 서서 선반에서 양념을 꺼내는 모습도 보였다. 쪽지에 '소금과 후추'라고 적어 넣었다. 아줌마가 오븐으로 사뿐사뿐 걸어가는 모습이 보였다. 몸을 숙여 아래 서랍에서 프라이팬을 꺼내는 모습도 보였다. 아줌마의 연한 목덜미와 팔과 목과 고운 손이 떠오르니 가슴이 설렜다. '프라이팬, 뚜껑, 불'이라고 더 적어 넣었다. 아줌마가 감자 껍질을 깎고 아저씨 농담에 웃는 모습도 선했다. 아저씨는 한숨을 내쉬고 '나무 도마와 잘 드는 칼'이라고 적어 넣었다.

목록을 들고 부엌을 돌아다니면서 서랍에서 조리용 기구를 챙기고 냉장고를 열어 달걀 여섯 개를 조심스럽게 꺼내서 모두 식탁 위에 놓았다.

이제 시작할 준비가 다 됐다. 아저씨는 아이들을 불러들였다.

"뭘 만들까요?"

마틸다가 물으면서 미리 팔을 걷어붙였다.

"베이컨과 스크램블드에그를 곁들인 구운 감자."

그린베르크 아저씨가 대답했다.

"아니, 왜 그러니?"

두 아이 모두 자리에서 꼼짝도 하지 않자 아저씨가 물었다.

"아주 사소한 문제가 하나 있어요."

마틸다가 식탁을 가리키며 말했다.

"감자가 없는데요."

아저씨는 몇 초가 지나서야 마틸다가 무슨 말을 하는지 비로소 알아차리고 이마를 탁 치며 호들갑스럽게 말했다.

"아 참, 정말 그러네. 구운 감자 요리를 하려면 감자가 있어야지."

이 말을 어찌나 명랑하고 쾌활하고 밝고 환하게 했는지 아이들은 그만 웃음을 터뜨리고 말았다. 마틸다는 아저씨를 파울과 엮어 주겠다는 결심을 다시금 떠올렸다. 아무리 돈을 나눠 줘야 한다고 해도 파울을 그린베르크 아저씨 집에 데려오겠다고 마음먹었다.

아니, 돈을 나눠 준다고? 그렇지만 왜 나눠 줘야 할까? 이 사업은 마틸다가 시작하지 않았나? 그러니까 마틸다가 다른 사람들보다 돈을 더 버는 게 합리적이지 않은가? 마틸다는 곰곰이 생각해 보았다. 여기 오는 아이들이 모두 똑같이 벌어야만 하는지. 마틸다가 다른 사람보다 더 많이 달라고 요구할 수 있을지. 과연 무엇이 공평하며 무엇이 공평하지 않은지…….

결국 뭘 먹었을까? 베이컨과 스크램블드에그를 곁들인 구운 감자 요리에서 구운 감자만 뺀 것.[3] 맛이 있었을까? 소박한 식사였지만 모두들 맛있게 먹었다. 모두라고? 솔직히 말한다면 그린베르크 아저씨에게는 몇 가지 재료가 부족했다. 눈길, 웃음, 부드러운 목덜미…….

마틸다와 루카가 음식을 씹고 있을 때 갑자기 아저씨 눈을 덮고 있던 비늘이 떨어져 나갔다. 사실 아저씨는 지금껏 아이들을 제대로 살펴보지 않았다. 물론 이름도 몰랐다. 아저씨는 스스로 자기가 참 무심했다고 생각하면서 아이들을 흐뭇하게 바라보았다. '세상에, 얘들은 내가 상상한 것과 전혀 다른데!'라고 생각하면서. 그렇지만 대체 어떻게 상상을 했다는 걸까? 뭐, 아예 상상을 하지 않았다.

"세상에서 가장 흔한 성이 뭔지 아세요?"

마틸다가 접시를 밀어내면서 능청스러운 목소리로 물었다.

"뮐러? 마이어? 브라운? 모르겠는걸."

"뮐러? 마이어? 브라운? 중국 사람들이 13억 213만 4천 명이나 되는데요?"

마틸다가 웃으면서 반박했다.

그날 아침 그린베르크 아저씨는 몇 가지 새로운 사실을 알게 되었다. 예를 들어 세상에서 가장 흔한 성은 뮐러나 브라운이 아니라 첸, 왕, 리라는 사실, 아이들은 딸기에 설탕을 친 다음 휘핑크림까지 뿌려 먹는 것을 가장 좋아한다는 사실. 바이킹의 신 오딘은 다리가 여덟 개인 말을 타고 다녔을 뿐만 아니라, 비록 애꾸눈이었지만 용맹스럽기 짝이 없어 온갖 업적을 다 이루어 냈다는 사실. 돌들도 전망이 좋은 자리가 필요하다는 사실. 후베르트 아저씨가 궁극적으로 외국에 산다는 사실. 엄마들은 하필이면 꼭 급하게 밖에 나가려고 할 때 아이들 차림새에서 무엇인가 잘못된 걸 알아차린다는 사실. 그리고 날 때부터 이항 공식은 아예 이해를 할 수 없게 태어난 사람들이 있다는 사실.

그나저나 아저씨가 아이들과 이야기하는 동안 홀스타인은 뭘 했을까? 먹을 것을 달라고 구걸하다가 아무것도 받지 못했지만 그래도 기분 좋게 잠들어 버렸다. 깜박깜박 졸다가 이따금 한쪽 눈을 반짝 떴지만 금방 다시 감아 버렸다. 몇 번 나지막하게 으르렁거리는 소리도 냈다. 그렇지만 그 소리는 그날 아침 즐겁게 이야기꽃을 피우던 그린베르크 아저씨나 애들을 향한 건 아니었다. 그 소리는 꿈에서 흘러나와 부엌으로 스며들더니 공중에서 몇 바퀴 재주를 넘다가 다른 소리에 섞여 들었다. 웃음소리, 그린베르크 아저씨의 낮은 목소리, 이웃집에서 희미하게 들리는 문 두드리는 소리. 홀스타인은 지금 어떤 풍경 속에 있었을까? 끝이 없고 향기가 나는, 어떤 숲을 그리워하고 있었을까?

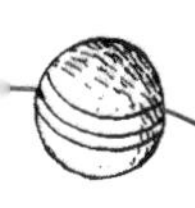

1 그래, 그린베르크 아저씨가 자선을 베푸는 왕자님처럼 인심 좋게 장식품들을 나눠 주었을 때, 모두들 좋아서 입이 헤벌쭉해졌지. 다음 날 마틸다네 엄마만 깜짝 놀랐을 뿐이야. 딸이 만든 예쁜 물건들 옆에 네 개나 되는 성모상이 놓여 있었거든. 합성수지로 만든 성모상이 받침대 겸 크리스마스트리 장식으로 쓰는 펠트 눈사람 옆에 있었어. 석고로 만든 두 번째 성모상은 이것저것 알록달록하게 붙여 놓은 카망베르 치즈 통 옆에, 유리로 된 세 번째 성모상은 밀가루 반죽으로 만든 여러 가지 기하학적 모형들 옆에, 나무로 만든 네 번째 성모상은 견과류로 만든 크리스마스 곰 인형 옆에 있었지.

그날 저녁 아빠는 안경알 너머로 마틸다를 훑어보면서 혹시 가톨릭 신자가 됐냐고 물어보았어. 조금 겁을 집어먹은 듯했지.

마틸다는 한숨이 나왔어. 아, 정말 어른들이란! 처음부터 끝까지 다 설명을 해 줘야 한다니까. 그리고 아빠에게 어린애들도 다 아는 사실을 조곤조곤 일러 주었어. 제비 한 마리가 날아온다고 해서 여름이 온 것이 아니듯, 성모상 네 개가 있다고 해서 가톨릭 신자가 되는 건 아니라고.

2 그날 저녁 마틸다는 침대에 누워서 새로운 사업을 하려면 어떤 도구가 필요한지 죽 적어 보았어. 빗자루, 방비,

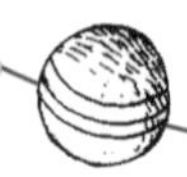

쓰레받기, 스펀지, 걸레. 그러고 나서 할머니의 살림 길잡이 책에서 몇 가지 중요한 조언을 찾아봤지. 그 책에서 배운 건 내일 운동장에서 널리 알릴 생각이야. 양말은 발가락을 위쪽으로 해서 넌다. 풀물이 들었을 땐 레몬주스로 뺀다. 수건과 창문과 빨래에 대해서 몇 장 더 읽어 봤지만 곧 몹시 지루해졌어. 커피 얼룩을 어떻게 없애는지, 프라이팬을 어떻게 깨끗하게 유지하는지, 신발을 어떻게 보관하는지, 놋쇠를 어떻게 닦는지 알아 두면 쓸모는 있겠지만, 그런 사실에 감동할 수는 없잖아? 마틸다는 그럴 수 없어. 그렇다고 누가 마틸다를 탓할 수 있겠어?

마틸다는 행복을 다루는 책을 집어 들었어. 그러고는 시간이 유유히 흘러가는 동안 책장을 넘기고 또 넘겼지. 그린베르크 아저씨가 그 모습을 봤다면 고개를 끄덕여 주었을 거야. '잘한다, 얘야! 집안일을 잘하려면 공부를 해서 좋은 책으로 머릿속을 채우는 게 최고지.' 하고 격려해 주었겠지. 그렇지만 아마도 마틸다가 책을 읽는다고 칭찬해 주는 대신 자기가 좋아하는 이야기를 해 줬을 가능성이 더 높아. 스스로 이야기를 할 수 있는 사람이 뭐 하러 남의 칭찬만 해 주겠어.

3 그런데 부엌에서 버터 바른 빵이랑 함께 먹은 달걀 몇 개를 왜 베이컨과 스크램블드에그를 곁들인 구운 감자라

고 부르는 걸까? 그야 마틸다가 모든 일에는 질서가 있어야 하며, 아주 사소한 문제 때문에 어떤 사물의 이름을 함부로 바꿔서는 안 된다고 선언했기 때문이지. 무슨 일을 하겠다고 했으면 해야지 몇 가지 사소한 어려움 때문에 포기할 순 없잖아. 마틸다는 일단 칼을 뺐으면 하다못해 두부라도 잘라야 한다고 주장했어. 또 후베르트 아저씨가 자기 대머리를 이마가 넓은 거라고 말해도 되고, 마틸다네 아빠가 젊었을 때 고작 2년 동안 핸드볼을 했다고 해서 자기가 운동선수라고 우겨도 된다면, 아무리 구운 감자가 빠졌다 해도 이 요리를 베이컨과 스크램블드에그를 곁들인 구운 감자라고 불러도……. 꼬마 루카와 그린베르크 아저씨는 마틸다의 설명이 지긋지긋했어. 또 자기들이 아는 속담을 끌어대고 싶지도 않았고. 그래서 요리 이름은 아주 특별한 경우에만 바꾸는 데 그냥 동의해 버렸지.

⚜

여덟 번째 장

오직 기다림뿐. 마침내 그 아이가 운다. 비밀스러운 책 한 권. 집에선 무슨 냄새가 날까? '언제나 무엇인가 들고 다녀라 원칙.' 고민이 있어도 요리를 할 수 있을까? 무장한 해군 병력 전체의 지휘자. 용기란 무엇일까?

마틸다와 루카가 그린베르크 아저씨 집에서 청소를 하면서 '언제나 무엇인가 들고 다녀라 원칙'[1]을 도입하는 동안, 지몬은 밤나무 아래 긴 의자에 앉아서 아빠를 기다렸다. 지몬은 엄마 아빠가 이혼한 다음부터 2주에 한 번씩 아빠와 함께 주말을 보낸다. 비록 지몬이 밤나무 아래 앉아 있는 걸 좋아하고 그곳에서 지루해한 적도 거의 없었지만, 지금은 모든 것이 그저 시들해 보였다. 심드렁하게 기다리다 보니 맥이 탁 풀리고 머리도 흐리멍덩했다. 마치 시간이 결이 고운 면직물 속에 짜여 들어간 것만 같았다. 어떤 동화와 분위기가 비슷했다. 요리사는 요리용 주걱을 들어 올린 채 잠이 들고 하녀는 닭에게 모이를 주다가 앞치마에 날알을 얹은 채 깜박 졸고, 닭도 모이를 쪼아 먹다가 그치고 정원사는 동네 꼬마들과 싸우다가 그만두고, 불 위에서 익어 가던 꼬치까지 그대로 멈췄다는. 아, 기다림이여! 심지어 밤나무까지 지루해서 잎을 축축 늘어뜨린 듯했다. 지몬은 신문 한 장을 집어 들고 시즌 9일째 축구 경기 결과를 살펴보았다.

신문에 너무 깊이 빠져들어서였을까, 아니면 너무 지루해서였을까? 어쨌든 지몬은 아무것도 눈치채지 못했다. 마침내 눈을 들었을 때는, 하마터면 너무 늦을 뻔했다. 길 건너편에서 옆 반 여자애 둘이 뚱뚱이 티나의 가방을 비워 내고 있었다. 그런데 티나는? 앞만 바라보고 있었다. 시선은 지몬이 있는 쪽을 향했지만 티나의 눈에는 지몬이 보이지 않는 듯했다. 티나는 입술을 꼭 다물고 입 가장자리를 씰룩거리면서 손을 조금 떨었다. 언뜻 보기에는……. 그렇지만 아니다. 뚱뚱이 티나는 절대 울지 않는다!

"이것 좀 봐!"

여자애 하나가 그렇게 외치면서 가방에서 꽃 넝쿨이 장식된 작은 은제 분통을 끄집어냈다. 할머니가 주신 선물인데 뒷면에 티나 이름의 머리글자가 새겨져 있었다. 여자애는 분통을 열더니 솔을 꺼내 친구의 콧잔등을 톡톡 두드렸다. 티나는 오래되어 익숙하고 둔탁한 아픔을 느꼈다.

그 분통은 티나의 가장 소중한 보물이었다. 그런데 곧 끔찍하고 못생기고 못된 이 애들이 그걸 아무렇지도 않게 자기 주머니에 집어넣을 테고, 티나는 가슴 아파하면서도 그저 보고만 있을 게 분명했다. 아무 말도 하지 못할 터였다. 하고 싶은 말을 하지 못하고 그냥 삼켜 버렸을 때의 씁쓸한 뒷맛이 입속에 감돌았다.

며칠째, 몇 주째, 몇 달째 티나는 하고 싶은 말을 하지 못하고 그냥 삼켜 버렸다. 자신의 무력함과 이 아이들의 잔인함에 대해서 신음 소리를 낼 수도 있을 텐데. 애들은 왜 이토록 티나를 괴롭힐까? 티나를 못살게 구는 게 왜 재미있을까? 사람들은 왜 다른 사람들을 깎아내려야만 할까? 그리고 그 사람들은 왜 그냥 굴복하고 말까? 티나는 이 마지막 질문을 몇 번이고 다시 던져야만 했다. 늦도록 깨어 있을 때면 이 질문이 머릿속을 맴돌았지만 대답은 찾지 못했다.

몸이 딱딱하게 굳는 것만 같았다. 이 못된 계집애들이 몇 번이고 다시 괴롭혀도 자기는 그저 당하고만 있을 거라는 사실을 알고 있었기에 더욱 괴로웠다. 열 배는 더 괴로웠다.

"내가 이 분통 빌려 가도 괜찮겠지?"

"내가 너라면 그러지 않을 거야."

어느새 옆에 다가온 지몬이 끼어들었다. 여자애들은 깜

짝 놀랐고 조금 당황한 듯했지만 곧 당돌하게 되물었다.

"대체 누가 우리한테 명령하는데?"

"내가."

지몬이 대꾸하면서 분통을 도로 뺏었다. 그 여자애에게 너무 가까이 다가가는 바람에 하마터면 두 사람의 코가 거의 닿을 뻔했다. 다른 애들에게 둘러싸여 환호를 듣는 데 익숙한 그 여자애가 불편해하는 게 빤히 보였다.

친구가 킥킥거리다가 여자애가 매서운 눈길로 노려보자 멈췄다.

지몬은 몸을 굽혀 책과 공책을 땅바닥에서 주섬주섬 주워 올렸다. 먼지를 떨어낸 다음 가방 속에 다시 담고 나서 티나를 향해 돌아섰다.

"뭐 빠진 거 있어?"

안 그래도 작은 티나의 목소리가 놀라움 때문에 더 작아졌다.

"아니."

티나가 거의 들리지 않을 만큼 나직한 소리로 대답했다.

"그럼 이제 가면 되겠네."

지몬이 같이 가자고 손짓을 했다.

지몬이 타박타박 먼저 걸어 나갔다. 티나는 아직 마음을 채 추스르지도 못하고 따라 걸었다. 이따금 참다못해 작은 소리로 한숨을 폭폭 쉬어 댔다. 건널목에 닿았을 때

신호등이 빨간색으로 바뀌었다. 두 사람은 아무 말도 하지 않고 그저 앞만 바라보았다. 차 한 대가 이슬아슬하게 스쳐 지나갔다. 햇빛은 구름 사이로 나오려고 싸우는 중이었다. 산들바람이 나무들 사이에서 휘파람 소리를 냈다. 신호등이 초록색으로 바뀌자 두 사람은 다시 걸었다.

티나의 눈에서 눈물 한 방울이 또르르 흘러내렸다. 또 한 방울. 그리고 또 눈물 한 방울이 흘러내리자 티나는 얼른 손등으로 눈물을 훔쳤다. 그러나 지몬이 휴지를 건네주자 도저히 더는 참을 수 없었다.

가끔 그럴 때가 있다. 아무것도 느끼지 못하고, 그러니까 몸이 피곤한 것도 근육이 아픈 것도 모른 채 몇 시간 동안 돌아다닌다. 그러다가 자리에 앉으면 신발을 다 벗기도 전에 몸이 무겁고 맥이 탁 풀려 버린다. 푹신한 안락의자에서 다시는 나오고 싶지 않은 느낌이 든다. 신발을 다시 신을 생각만 해도 견딜 수가 없다. 티나가 꼭 그랬다. 지금까지는 입술을 꾹 깨물고 모든 일을 다 견디어 냈다. 그러나 한 사람이 고통과 횡포에서 벗어나게 해 주자, 한 사람이 다가와서 네 마음을 다 안다는 듯 친절한 눈빛으로 휴지를 건네주자 티나는 어느새 자기도 모르게…….

티나는 눈물 콧물을 흘리며 펑펑 울었다. 거센 흐느낌에 온몸이 흔들렸다.

마침내 티나가 울었다. 마침내 티나가 뜨거운 눈물을 흘렸다. 마침내 티나가 그 끔찍한 고민을 영혼과 육체에서 끄집어내었다.[2]

티나는 마음이 좀 가라앉은 다음 그동안 일어난 일을 길고 자세하게 이야기했다. 몇 주일 동안 어떻게 시달렸는지. 운동장에서 자기 외모에 대해 어떤 농담들을 하는지. 버스를 타려면 얼마나 겁이 나는지. 어떤 때는 너무 두려워서, 집까지 거의 한 시간이나 되는 거리를 걸어가는 게 더 낫다는 사실까지.

지몬은 기가 막혀서 고개를 절레절레 저었다. 도저히 이해할 수가 없었다. 지몬은 전혀 몰랐다. 정말 아무것도 몰랐다. 아무것도 눈치채지 못했다.

티나가 이야기를 마치자 파울이 물었다.

"그런데 왜 가만히 있는 거야?"

티나는 어깨만 으쓱 추켜올렸다. 말이야 쉽지. 지몬은 인기가 많으니까. 잘생겼지, 운동도 잘하지, 나쁜 성적을 받은 적은 단 한 번도 없지. 한마디로 못하는 게 없잖아.

"나는 나니까."

티나는 그냥 그렇게 대답하고 가려고 일어섰다.

"아니, 그게 대체 무슨 뜻이야?"

지몬이 소리치면서 따라 일어섰다.

티나는 신발 끝으로 연석 위의 작은 조약돌을 찼다.

"아, 다 알잖아."

나지막하게 운을 띄웠다가 고집스럽게 덧붙였다.

"난 못생기고 뚱뚱하고 겁쟁이에다 운동도 못하고……."[3]

티나는 팔을 넓게 벌리고 손을 내밀어 하나하나 세었다. 어느새 손가락 세 개가 밝은 색 막대기처럼 하늘을 향했다. 그러나 다른 손가락을 마저 펴기 전에 지몬이 끼어들었다.

"넌 정말…… 넌 정말 너한테만 문제가 있다고 생각하는구나."

티나는 얼굴을 찡그렸다. 너 같은 애에게 무슨 문제가 있겠니? 티나의 표정은 그런 말을 하고 싶은 듯했다.

그러나 지몬은 가만있지 않았다. 티나가 미처 대답하기도 전에 가슴에 있던 말을 마구 쏟아냈다.

"우리 엄마 아빠는 이혼한 지 1년 됐어. 그 전에도 거의 날마다 싸웠어. 지금도 아빠가 나를 데리러 올 때마다 가슴이 두근거려. 두 사람은 어쩔 수가 없는지 만날 때마다 늘 싸우거든. 옆에서 그 모습을 볼 때마다 엄마 아빠 둘 중에서 한 사람을 골라야 할 것만 같아. 그렇지만 난 엄마 아빠를 둘 다 사랑하고 두 사람이 서로 못 잡아먹어서 안달인 걸 견딜 수가 없어."

지몬은 두 손을 바지 주머니에 찔러 넣고 마침 이쪽으로 오는 닥스훈트를 노려보았다. 그러나 개는 기죽지 않고 킁킁대면서 울타리 냄새를 맡더니 한쪽 다리를 들어 올렸다. 그런 다음 다시 뒤뚱거리면서 걸어갔다.

지몬은 티나를 향해 약간 몸을 숙이면서 말을 이었다.

"그거 알아? 내 머릿속에서 질문 하나가 떠나질 않아. 내가 사랑하는 사람들이 어떻게 그토록 서로 못되게 굴 수 있지? 난 도저히 이해할 수 없어. 납득할 수 없다고. 서로 할 말 못할 말 마구 퍼부어 대면 내가 속상하다는 것도 모르나? 그럼 난 방으로 들어가. 아무 말도 듣고 싶지가 않거든. 침대 위에 앉아서 오만 가지 생각을 다 하지. 때로는 쥐도 새도 모르게 그냥 그 자리에서 사라지고 싶어. 내가 어떻게 해야 두 사람이 서로 화해할지 머리가 터지도록 생각해. 아니면 화가 나서 책상을 힘껏 내려치지. 그것도 아니면 다시 조용해질 때까지 기다려. 차마 밖으로 나가지는 못하고 일어섰다가 앉았다가 문가로 가서 엿듣다가 하면서. 아빠 집에 있을 땐 엄마 생각이 나. 지금 혼자 있겠구나. 엄마 집에 있을 땐 아빠 생각이 나고. 그렇지만 난 잘못이 없어. 엄마 아빠가 같이 살 수 없다고 내가 결정한 건 아니잖아. 나한테 문제가 생기지 않은 것만 해도 기적이지. 아니, 그런데 내가 무슨 말을 하는 거야!"

지몬은 짐짓 명랑하게 소리쳤다.

"문제가 있긴 있지. 그것도 아주 커다란 문제가."

지몬은 자기 머리, 그러니까 자기가 문제 있다고 생각하는 오른쪽 귀 바로 윗부분을 톡톡 두드렸다. 그런 다음 다시 진지해졌다.

"사람들은 모두 영혼에 푸른 멍이 있어. 심지어 너를 괴롭힌 그 계집애들도."

"그 애들은 그런 거 없어."

티나가 반박했다.

"아니야, 있어. 세상 사람 모두. 너도 질문의 책을 읽으면 그 사실을 깨닫게 될 거야."

"질문의 책이라니?"

티나가 물었다.

누군가가 경적을 울렸다. 지몬은 서둘러 작별 인사를 하고 아빠 차에 올랐다.

"내일……."

지몬이 뭐라고 외쳤지만 티나는 무슨 말인지 알아듣지 못했다. 거리의 소음이 지몬의 목소리를 덮어 버렸다.

두 사람은 이튿날에야 다시 만났다. 지몬은 약속한 대로 책을 가져다주었다. 티나는 읽고 또 읽다가, 눈꺼풀이 내려오자 책을 숨겨 놓았다. 피곤했지만 잠을 이룰 수 없었다. 생각과 그림이 머릿속에서 빙글빙글 돌았다. 갖가지 생각과 그림이 너무나 많았다. 그런데 지난 몇 주 동안 거의 날마다 머리가 깨지도록 생각했던 옆 반의 여자애는 머릿속 어느 구석에도 없었다. 어떻게 그토록 중요했던 사람이 갑자기 아무 의미도 없게 됐을까? 어떻게 그 애 자리에 다른 사람, 지몬이 들어왔을까? 어제까지만 해도 티나는 지몬에게 전혀 신경을 쓰지 않았다. 그런데 오늘은 심지어 지몬의 엄마와 아빠, 싸우지 않고는 견딜 수 없다는 그 싸움닭들 생각까지 했다. 예전의 삶을 그리워한다는 건 어떤 것일까? 예전의 삶을 그리워하다니? 티나는 개인적으로 그 무엇도, 그 누구도 아쉽지 않을 것 같았다. 이상해라! 지몬은 심지어 예전에 살던 집의 냄새까지 기억할 수 있다고 했다. 티나도 언젠가는…….

갑자기 집 안에서 나는 익숙한 냄새를 맡을 수 있었다. 마루를 닦는 왁스와 먼지와 저녁 식사와 고양이 화장실 냄새가 다 섞인……. 아니면 언니의 향수 냄새일까? 어쨌든 이 익숙한 냄새는 참 좋았다. 물론 식구들의 냄새가 꼭 향기롭다고 할 수는 없지만 티나가 잘 아는 냄새였고, 그렇기에 편했다. 티나는 하품을 늘어지게 했다. 내일, 내일 시작할 거야.

티나는 첫째로 자기가 정말 좋아하는 것이 무엇인지 물어보기로 했다. 어쩌면 할 수 있는 일인지도 모른다. 보거나 읽는 어떤 것일까? 냄새나 소리일까? 노래나 시나 놀이일까? 느낌인지도 몰라. 가능성은 무궁무진했다. 둘째로 티나는 날마다 자기가 원하는 일을 하나씩 찾아낼 수 있을까? 셋째로…….

티나가 원래 이렇다! 세 가지 질문을 미처 다 던지기도 전에 잠이 들고 말았다. 그렇지만 누가 티나를 탓할 수 있겠는가? 지난 며칠은 무척이나 힘들었다. 너무 힘들어서 약간 지치기도 했지만, 정말 기억에 오래 남을 것 같았다. 이제 티나는 이불을 턱까지 끌어올리고 평화롭게 잠이 들었다. 그러나 만약 아직 깨어 있었다면 분명 이마를 탁 치면서 '이런, 나 정말 바보인가 봐.' 하고 말했을 터였다. 벌써 오래전에 이랬어야 했는데. 그리고 숫자를 헤아릴 땐 손가락이 필요하니까 이불 밑에서 손을 꺼냈을 터였고, 잠에 취한 채 회청색 하늘에 대고 중얼거렸을 터였다.

"첫째, 둘째, 셋째."

그리고 손가락 세 개가 하늘을 가리켰으리라. 은빛으로 반짝이는 달을 향해, 마치 밝은 색 막대기처럼.

그런데 잠깐! 뭔가 이상하다! 첫째, 둘째, 셋째라니 무슨 뜻일까? 이 숫자들이 뜬금없이 어디에서 나

오는 것일까? 다시 말해서 누군가가 티나에게 행복해지려면 이렇게 해야 한다고 조목조목 충고를 해 준 것일까? 기침이 나올 땐 모든 사람에게 똑같이 잘 듣는 약이 있다. 기침약 작은 숟가락으로 하나. 그러나 안타깝게도 사람은 감기보다 훨씬 더 복잡하다. 외로움은 코감기가 아니고 두려움은 목감기가 아니며 슬픔은 배탈이 아니다. 어느 누가 감히 자기네 마법의 부엌에 모든 난관과 위기에 딱 맞는 처방전이 있다고 주장할 수 있는가?

아무도 그럴 순 없다. 그 어느 누구도 수리수리마수리, 동화 속에 나오는 마법의 주문처럼 모든 것을 치유할 수 있는 규칙과 계명을 준비해 두고 있진 않다. 행복해지는 비결을 알고 있다고 망설이지 않고 주장하는 사람은 질책을 받아 마땅하다. 어쨌든 지몬은 사람이 어떻게 하면 행복해질 수 있는지 전혀 알지 못한다. 그저 예로부터 다른 아이들이 한 대로 했을 뿐이다. 지몬은 자기 이야기를 종이 위에 옮겨 놓았다. 엄마 아빠가 이혼한 다음부터 어떻게 지냈는지 적고 난 다음에 몇 가지 질문을 던졌다.

지몬은 이튿날 티나에게 비밀을 지키겠다는 맹세를 받고 나서, 이 책을 30일 후에 도움이 필요한 다른 아이에게 주겠다는 약속도 받았다. 티나가 물었다.

"그런데 대체 뭘 적어야 할까?"

지몬은 어깨를 으쓱하면서 대답했다.

"너의 이야기를 적어야지. 그러고 나서 어떤 질문을 던질지 잘 생각해 봐."

티나가 다시 물었다.

"어떤 질문?"

지몬이 대답했다.

"너만의 질문. 너는 네 자신의 질문에 이르러야 해. 모든 사람에게는 그 사람을 기다리는 질문이 하나씩은 다 있어."

1 '언제나 무엇인가 들고 다녀라 원칙'은 마틸다네 엄마가 개발했는데, 사실 아주 간단한 거야. 마틸다가 방의 한 쪽에서 다른 쪽으로 가거나 어떤 방에서 다른 방으로 갈 때, 제자리에 놓여 있지 않은 물건을 들고 가는 거지. 그래서 마틸다는 침대에서 일어나 책장으로 갈 때면 방바닥에서 뒹굴던 만화책을 집어 들고 가. 책장에서 옷장으로 갈 때는 어찌된 영문인지 서랍이 아니라 책장 위에 놓여 있던 양말과 속옷을 겨드랑이에 끼우고 가고.

그런데 이런 일이 무척 복잡해질 때가 있어. 예를 들어, 얼마 전에 마틸다는 반쯤 먹다 남은 걸 며칠이나 책가방 속에서 굴린 탓에 곰팡이가 핀 빵을 부엌에 갖다 놓으려고 했어. 그런데 막상 방에서 나오니까 부엌이 아니라 화장실이 더 급한 거야. 그토록 위급한 상황에서는 전략을 세울 필요가 있지. 그 전략을 고안하고 세세한 부분까지 챙기니까 참 흥미진진했어.

"마틸다, 얼른 이리 와 봐!"

엄마가 소리를 지르더니, 곧 손님이 들이닥칠 텐데 곰팡이 핀 빵이 욕조 가장자리에서 대체 뭘 하고 있는지 물었어.

마틸다의 해명을 듣고 싶었을까? 아니야. 엄마는 대답을 기다리지도 않고 다른 질문들을 퍼부어 댔지. 방 좀 치우라는 게 너무 많이 바라는 거니? 무슨 말이든 세 번은

되풀이해야 하니? 네 사촌 언니 좀 본받을 수 없니?

사촌 언니를 본받으라고? 염료 냄비에라도 빠졌다 나온 것처럼 울긋불긋하게 화장을 하고 에디를 사랑하는지 아닌지 몰라서 눈알이 빠지도록 울어 대는 그 언니? 다른 건 다 참아도 그것만은 절대 안 돼! 대답도 듣지 않을 거면서 질문하는 거, 그래, 그건 엄마가 할 일이라고 쳐. 그렇지만 마틸다에게 사촌 언니를 본받으라는 건 너무 심하다고!

1a 그린베르크 아저씨 집에서는 지금까지 어느 누구도 새로운 제안에 겁을 먹어 주춤하지 않았어. 그래서 금세 다들 '언제나 무엇인가 들고 다녀라 원칙'을 따랐어. 그린베르크 아저씨는 언제 어디를 가든지 메모지를 들고 다녔어. 앉으나 서나 메모지가 필요했으니까. 꼬마 루카는 두 번째 만날 때 뚱뚱이 티나를 들고 왔고 티나는 지몬을 들고 왔어. 그래서 이제는 넷이서 청소를 하지. 홀스타인도 다시금 놀라운 열성으로 신발을 물어뜯기 시작해서 우선 왼쪽, 그다음엔 오른쪽 실내화를 입에 물고 이 방 저 방 돌아다녀. 마틸다는 무엇을 들고 왔을까? 아, 뭘 들고 오긴? 즐거운 기분이랑 모든 일에 대한 뚜렷한 생각을 들고 왔지. 모든 일에 대해서? 그럼, 모든 일에 대해서, 그것도 처음부터 끝까지 뚜렷한 자기 생각을 들고 이 방 저 방 돌아다니지.

2 고민이 있는데 요리를 할 수 있을까? 마틸다와 지몬과 루카와 티나가 다음 날 던진 질문이야. 스크램블드에그에 버터 바른 빵을 먹는 것도 좋지만 내내 그것만 먹고 살 순 없잖아. 그 애들이 아는 애들 가운데 정말 요리를 하고 빵이나 과자를 구울 줄 아는 사람은 파울뿐이었어. 파울은 할머니랑 요리책까지 만든 적이 있거든. 그런데 고민이 있는데 요리를 할 수 있을까? 마틸다는 아무리 고민이 있다 해도 요리를 못 할 이유는 없다고 결론을 내렸어. 오래전부터 파울과 그린베르크 아저씨를 이어 주려고 한 결심이 다시 떠올랐기 때문이지. 다음 날 마틸다는 파울에게 그린베르크 아저씨 집에 같이 가지 않겠느냐고 물었어.

그래서 파울은 주방장이 됐지. 파울과 함께 요리하는 건 먼지를 털거나 침대를 정돈하거나 접시를 닦는 것보다 훨씬 재미있었어. 모두들 파울의 조수가 되고 싶어 한 탓에 곧 싸움이 일어났어. 결국 그린베르크 아저씨가 결단을 내려야 했어. 지몬은 음식 재료의 껍질을 잘 벗기니까 껍질 깎기 담당 수석 조수로 임명했지. 티나는 자주 신문에서 요리법을 읽으니까 학술 담당 책임 조수가 됐고, 루카는 수요일마다 엄마와 함께 슈퍼마켓에 장을 보러 가니까 쇼핑 담당 지도 조수가 됐어. 그런데 마틸다에게는 당장 아무것도 떠오르지 않았어. 그렇다고 아무것도 안 시켜 줄 수는 없으니까 당장 미정 주요 조수로 임명했지. 그럼 그린베르크 아저씨는 무엇이 됐을까? 어릴 때부터 늘 바라던 인물이 됐지. 무장한 해군 병력 전체를 지휘하는 대장.

2a 식탁에는 결국 무엇이 올라왔을까?

- 부군디엔에서 나온, 빠르고 맛있는 요리 비법에 따른, 치즈 소스를 얹은 푸른 국수.
- 카리브 해의 알프스에 있는 스키 리조트 지역의 유명한 음식, 레몬 크림을 뿌린 핫케이크.
- 멕시코 아드리아 해에 있는 어떤 섬의 요리, 파를 넣은 토마토 샐러드.
- 러시아의 울창한 정글에서 먹는, 모닝 가운을 입은 사과.
- 바멜레로들이 가장 좋아하는, 바닐라 아이스크림을 곁들인 파인애플 칵테일.
- 그리고 후식은 당연히 월귤을 넣은 자유 케이크.

재료를 다듬어 요리하고 반죽을 뇌뒀다가 오븐에 구워 내고, 부엌을 치우고 식탁을 차리는 데 세 시간도 넘게 걸렸지만 먹는 건 고작 20분 안에 다 끝났지. 음식을 준비하는 동안에는 쉴 새 없이 웃고 떠들었지만 이젠 포크와 나이프가 잘랑대는 소리만 들렸어. 국수는 눈 깜짝할 사이에 사라졌고 핫케이크와 사과도 접시 위에서 미처 식을 틈이 없었어. 토마토까지 곧 기근이라도 다가올 것처럼 다 먹어

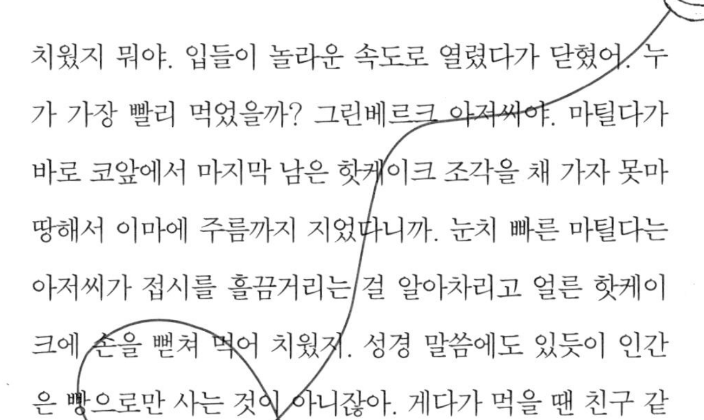

치웠지 뭐야. 입들이 놀라운 속도로 열렸다가 닫혔어. 누가 가장 빨리 먹었을까? 그린베르크 아저씨야. 마틸다가 바로 코앞에서 마지막 남은 핫케이크 조각을 채 가자 못마땅해서 이마에 주름까지 지었다니까. 눈치 빠른 마틸다는 아저씨가 접시를 흘끔거리는 걸 알아차리고 얼른 핫케이크에 손을 뻗쳐 먹어 치웠지. 성경 말씀에도 있듯이 인간은 빵으로만 사는 것이 아니잖아. 게다가 먹을 땐 친구 같은 것도 없어.

3 "나는 나니까. 못생기고 뚱뚱하고 겁쟁이에다 운동도 못하고……."

그린베르크 아저씨가 이 말을 들었다면 눈이 휘둥그레져서 소리쳤을 거야.

"못생기고 뚱뚱하고 겁쟁이라고? 아, 정말! 네가 뭐 뚱뚱하다고 그래. 그리고 분명 못생기지는 않았다. 네가 겁쟁이인지 용감한지는 좀 더 자세히 이야기를 해 보자꾸나."

그러고는 홀스타인을 옆으로 약간 밀어내고 여기 와서 앉으라고 소파 옆자리를 두드렸겠지. 그러고 나서 책장으로 가서 책 한 권을 꺼내 들춰 보다가 거기서 읽은, 자기가 좋아하는 얘기를 해 줬을 거야.

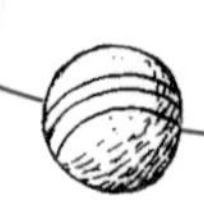

옛날에 부유한 아버지 두 명이 있었어. 두 사람에게는 각각 아들이 하나씩 있었는데, 온갖 못된 장난만 치고 어리석은 짓을 하면서 시간을 보냈지. 두 아버지는 아들들을 제대로 가르쳐 보기로 마음먹었어. 벌을 줘 봐야 소용이 없다는 것은 알고 있었어. 그렇지만 자기들이 어릴 때 제대로 된 교육을 못 받았기 때문에 아들들에게 무엇을 가르쳐야 할지 몰랐지. 그래서 현명한 사람을 둘 불러서 조언을 구했어.

"검술은 세상에서 가장 유용한 기술입니다. 육체를 단련시킬 뿐더러 용감해지도록 자극해 주죠."

첫째 조언자가 단언했어.

"시간 낭비일 뿐입니다!"

둘째 조언자가 말을 끊고 나섰어. 아무리 검술에 능해도 전쟁에서 비참하게 질 수도 있다고 주장하고, 요즘 검술은 누가 알아주지도 않는다고 덧붙였어. 차라리 돈도 벌고 명성도 얻을 수 있는 기술을 배워야 한다는 거야.

둘 다 자기 주장만 고집하면서 조금도 양보하지 않았기에 또 다른 조언자를 불러서 판단을 내리게 했어. 그는 앞서 온 두 사람이 구구절절 설명하는 바를 듣고 난 다음에 물었어.

"그런데 문제가 무엇입니까?"

"문제가 뭐냐고요?"

다들 어이가 없었어.

“그야 분명하잖아요. 검술이 문제죠.”

“확실합니까?”

자기를 소크라테스라고 소개한 셋째 조언자가 묻더니 옆에 있는 말 한 마리를 가리켰어.

“만약 제가 이 말에게 재갈을 물려야 할지 아닐지, 만약 재갈을 물린다면 언제 물리는 게 가장 좋을지 생각한다면, 재갈 때문에 고민하는 겁니까, 아니면 말 때문에 고민하는 겁니까?”

“당연히 말 때문에 고민하시는 거죠.”

사람들이 입을 모아 대답했어.

“달리 말해 보자면 우리가 검술에 대해 이야기를 하고 있지만 사람이 검술을 배워야 할지 아니면…….”

“아, 우리는 애들 얘기를 하고 있는 거군요. 그런데 우리가 선생님께 여쭙고 싶은 건 검술을 익히면 하나의 덕, 즉 용기를 배울 수 있는가 하는 겁니다.”

아버지 하나가 말을 끊고 끼어들었어.

“검술을 배우면 용감해지는지 알고 싶으세요? 그 질문에 대답하기 위해선 여전히 한 가지 일에 대해서 의견을 맞춰야 할 겁니다.”

“그게 뭔데요?”

다른 아버지가 물었어.

"용기가 무엇입니까?"

"아주 간단하네요. 누가 적에 대항해 싸우기로 마음먹었다면 그는 용감한 겁니다."

첫째 조언자가 소크라테스의 질문에 대답했어.

"적이 아니라 질병이나 가난에 대해 저항한다고 해도 그 사람은 용감하지 않습니까?"

소크라테스가 다시 물었어.

"그렇죠. 가망이 없는 상황에서도 계속 싸우는 사람들은 용감하니까요."

첫째 조언자가 대답했어.

"그렇지 않습니다. 그런 사람들은 그저 어리석을 뿐이에요."

둘째 조언자도 가만있지 않았어.

"어쩌면 용감함에는 무엇이 위험하고 무엇이 위험하지 않은지 구분하는 지혜로움도 들어가겠네요."

아버지 하나가 화제를 돌렸어.

"그런 건 처방전을 써 주는 의사들도 알지만, 그렇다고 의사들이 용감한 건 아닙니다."

저녁이 올 때까지 그렇게 끝도 없이 계속 토론을 했지만 헤어질 때까지 모인 사람들 가운데 어느 누구도 아들들이 검술을 배워야 할지 말아야 할지 여전히 알지 못했어. 그러나 다들 용기가 처음에 생각했던 것보다 훨씬 더 복잡하다는 사실에는 동의했지.

소크라테스가 티나에게 확신을 줬을까? 당연히 줄 수 없었지.

티나는 그저 어깨만 으쓱 추켜올리고 말했을 거야.

"용기가 있든 없든 운동을 못하는 애는 운동을 못해요."

그럼 그린베르크 아저씨는 어떻게 했을까?

신이 나서 손바닥을 싹싹 비비며 외쳤을 거야.

"아, 그래? 이야기 하나로는 부족하단 말이지? 좋아!"

그렇게 말한 다음 책장으로 가서 또 책 한 권을 꺼내 들춰 보다가 거기서 읽은, 자기가 좋아하는 얘기를 해 줬을 거야…….

⚜

아홉 번째 장

장미와 민들레가 나오는 동화. 좋은 이야기꾼이 되려면 단어를 얼마나 많이 알아야 할까? 사랑에 빠지면 별별 일을 다 한다. 숲에서 홀로. 이야기 겨루기. 어떤 친구의 친구. 잊어버리는 것과 용서하는 것. 어른들은 우정을 위해서 시간을 낼 수 없을까?

집 안 전체를 깨끗하게 청소한다는 것이 얼마나 어마어마한 일인지 드러났다. 마틸다는 치워야 할 아침 식탁만 바라봐도 속이 메슥메슥해졌다. 그런데 그린베르크 아저씨는 식사를 마치자마자 일어나서 그냥 서재에 들어가 버렸다. 뭐야, 자기 그릇도 안 치우고 사라지다니! 마틸다는 어이가 없었다. 저 아저씨는 대체 어디서 자란 거야? 밀림에서? 설사 밀림에서 자랐다고 해도 청소를 잘해 놓으면 인생이 술술 풀린다고, 아니면 쓰레기를 내다 버리거나 자기 방을 치워도 큰일 나지 않는다고 하루 종일 귀에 못이 박히도록 잔소리를 해 대는 엄마는 있었을 거 아니야. 자기가 먹은 그릇을 싱크대에 갖다 놓는 건 정말 기본적인 일이잖아. 마틸다는 할 수만 있다면 아저씨에게 따끔하게 한마디 해 줬을 터였다. 그런데 하도 기가 막히다 보니 한동안 멍해져서 아무 말도 하지 못했다. 그렇지만 다 알다시피 승마를 하려면 장화 한 짝보다 더 많은 게 필요하고 청소를 하려면 긴 한숨보다 더 많은 게 필요하기에, 식탁을 주섬주섬 치우기 시작했다. 꼬마 루카가 거기 합세했고 지몬도 5분 뒤에 왔고, 티나도 금방 끼어들었고 파울까지 초인종을 눌렀다. 그래서 모두 힘을 합쳐 작업에 들어갔다. 음식물 쓰레기를 버리고 설거지를 하고 식탁을 닦고 손에 든 물건들은 아무 데나 놓는 게 아니라 원래 있어야 할 자리에 갖다 놓았다.

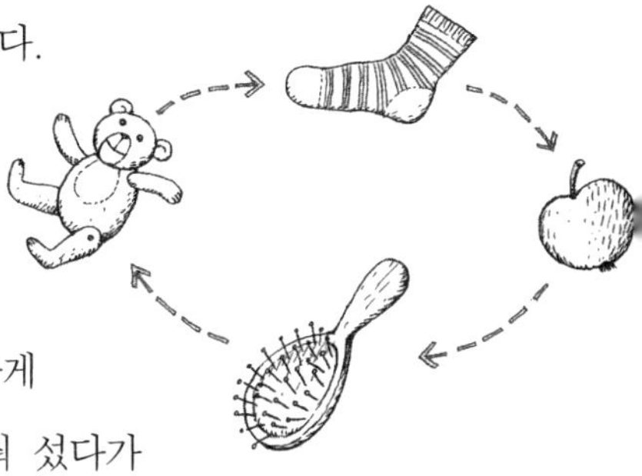

그동안 그린베르크 아저씨는 서재에서 왔다 갔다 하다가 멈춰 섰다가, 고개를 세차게 흔들었다가 다시 걷다가, 멈춰 섰다가 한숨을 푹푹 내쉬었다가, 결국 자리에 앉았다. 늘 그렇듯 모든 게 벌써 준비되어 있었다. 파란 만년필, 4절지, 종이 밑에 대고 받침으로 쓸 수 있는 튼튼한 마분지, 메모장, 새로 깎은 연필, 지우개. 심지어 이마에도 주름이 미리 잡혀 있었다. 그린베르크 아저씨는 정신을 집중하고 만년필을 손에 든 다음, 몸을 약간 앞으로 숙이고 눈을 감은 채 주제를 골똘히 생각했다. 그런데? 그리고?

초인종이 울렸다. 아저씨는 의자를 뒤로 밀고 일어나서 현관문을 열어 주었다. 다시 자리에 앉아 종이를 노려보면서 첫 문장을 시작하기에 적당한 단어를 찾고 있는 참인데 또 초인종이 울렸다. 아저씨가 짜증이 나서 머리카락을 쥐어뜯는 사이에 마틸다가 밖에서 문을 열어 주었다. 귀를 기울이니 발소리에 소곤거리는 소리까지 들려왔다.

"조용히 해!"

아저씨는 소리를 빽 지르고 만년필을 책상 위에 팽개쳤다. 저 개구쟁이들은 정신노동을 하려면 주위가 조용해야 한다는 것도 모르나? 아저씨는 화가 나서 콧구멍을 벌름대며 두리번거리다가 다시 귀를 기울였다. 마침내 다들 부엌으로 들어갔는지 이제 접시가 달그락거리는 소리만 희미하게 들려왔다. 아저씨는 한숨을 쉬면서 창밖을 내다보았다. 정원에서는 포플러 나뭇가지가 바람에 살랑살랑 흔들렸다. 구름 한 점이 십자형 창살을 기어올라 갔다. 태양이 손짓을 했다. 아저씨는 의자에 느긋하게 기대어 눈을 감고 만년필을 들어 올렸다. 그런데?

온갖 생각이 머릿속에 맴돌고 있었지만 아저씨가 써야 할 글이랑은 아무 상관도 없었다. 그린베르크 아저씨는 한숨을 쉬었다가 만족스럽게 웃었다가, 다시 정신을 차리고 머리를 두 손에 묻은 채 신음 소리를 크게 내뱉었다.

"아, 가엾은 민들레. 아, 나는 가엾은 작은 민들레 같아."

그렇게 중얼거렸다.

그린베르크 아저씨는 그리 작지 않다. 사실 귀엽다고 말하기도 좀 어색했다. 누군가가 문득 아저씨를 식물과 비교하고 싶어 못 견딜 지경이라면 몇 가지 기능성 작물을 떠올렸을 거다. 사탕무도 괜찮고 늙은 호박, 그것도 덩어리가 큰 게 어울리지 자그마한 민들레는 분명 아니었다.

아저씨 혼자서만 자기 자신을 좋은 풍채가 아니라 자기가 좋아하는 이야기, 어릴 때 자주 들었던 동화와 관련시키고 있었다.

민들레 한 송이가 정원 바로 옆에 있는 무덤가에 수줍게 피어났다. 정원에는 아름다운 꽃들이 가득 피어 있었다. 민들레는 날이면 날마다 울타리 사이로 정원을 넘겨다보면서 자기도 저기 핀 꽃들처럼 알록달록했으면 좋겠다고 생각했다.

민들레는 잔디에게 하소연했다.

"쟤들이 얼마나 예쁜지 봐. 언젠가는 멋진 새가 저기 날아들 거야."

그 말을 다 마치기도 전에 종달새 한 마리가 날아왔다. 그런데 이것 좀 보게나! 종달새는 도도하게 서 있는 장미가 아니라, 부드러운 잔디 가운데 민들레 위에 내려앉았다. 가엾은 민들레는 화들짝 놀랐다. 하도 기뻐서 대체 무슨 생각을 해야 할지 몰랐다.

아저씨 마음도 똑같았다. 자기에게 대체 무슨 일이 일어났는지 알아차린 순간, 그저 똑같은 말만 중얼거렸다.

"아, 나는 가엾은 민들레 같아. 늙은 당나귀 같아. 아, 멍청한 민들레. 아, 가엾은 늙은 당나귀."

대단히 똑똑한 말은 아니었다. 그렇지만 하도 놀랍고 기쁘다 보니 더 똑똑한 말은 떠오르지 않았다.

무엇 때문에 놀랐냐고? 아저씨는 쉰여덟 살에 관절염까지 있다. 굳이 뚱뚱하다고 말하지 말고 그냥 풍채가 좋다고 해 두자. 머리숱도 이제는 그리 많지 않다. 그러니까 도도하고 늘씬한 장미가 아니라 가엾은 민들레와 비슷했다. 그렇지만 바로 거기, 눈에 띄지 않는 고즈넉한 무덤가, 그린베르크 아저씨에게 사랑이 찾아왔다.

그린베르크 아저씨는 사랑에 빠졌다.[1] 익숙하지 않은 느낌이었다. 깜짝 놀라서 생각을 제대로 할 수 없었다. 비록 음식은 여전히 잘 먹었지만, 잠도 제대로 자지 못했다. 밤이면 침대 위에 베개 세 개를 겹쳐

놓고 기대 앉아 '세상에, 이제 나까지 걸려들었구나.' 하고 생각했다. 그런데 언제 이렇게 됐을까? 그리고 어떻게? 아저씨는 아무것도 눈치채지 못했다. 몇 주 전만 해도 노총각으로 늙어 죽으리라고 목숨을 걸고 내기할 수도 있었다. 그런데 지금은 사랑에 빠졌다. 아저씨는 자리에서 일어나 안절부절못하면서 서재 안을 돌아다녔다. 이 좁은 방에 죽치고 앉아 있기보다 걷고 싶었다. 달리고 싶었다.

아저씨가 무슨 생각을 했냐고? 아줌마 생각. 어디 있든지 오직 아줌마뿐이었다. 언제 어디서나 아줌마. 미라벨라 아줌마. 다른 건 전부 다 지루하기만 했다. 글을 쓸 기분도 아니었고 뭘 해야 할지도 몰랐다.

그런데 이토록 쉽사리 사랑에 빠질 수도 있을까? 모르겠다. 어쨌든 그린베르크 아저씨는 쉽게 사랑에 빠질 수 없었다. 만약 구운 감자 요리 조리법을 찾느라고 헛되이 서랍을 뒤지다가 아줌마의 일기장을 우연히 발견하지 않았다면, 그리고 양심상 잠깐 망설이다가 남의 일기장을 본다고 해도 학자의 위신에 손상이 가지 않는다고 마음을 정하지 않았다면, 아마 영영 알아차리지도 못했을 터였다. 잘 모르는 사람이 아줌마가 아주 소중한 보물처럼 간직하고 있는 기억의 더미를 훑어봤다면, 분명 그냥 시큰둥하게 어깨를 으쓱했을 터였다. 얘기할 만한 게 하나도 없다고 깔보듯 말했을지도 모른다. 그렇지만 모르는 사람이 과연 뭘 알겠는가? 몇 마디 얘기를 하려고 부엌에 들어와 옆에 설 때까지 가까이, 점점 더 가까이 다가오는, 질질 끄는 듯한 아저씨의 둔중한 발소리가 복도에 울릴 때, 이 여인을 채우는 행복감에 대해. 그 행복감은 마치 한 잔의 술처럼 온몸을 타고 흐르면서 머리가 가벼워지고 어찔어찔하게 만들었다. 그리고 집안일을 한창 하다가 문득 손을 멈추고, 서재에서 새어 나오는 소리를 엿들으면서 무슨 소리인지 알아챘을 때, 아줌마가 느끼는 뿌듯함과 자랑스러움에 대해 과연 뭘 알겠는가?

황감[2]해하면서 일기장을 읽는 동안 아저씨 눈을 가리고 있던 비늘이 떨어져 나갔다. 아저씨는 아줌마를 사랑한다. 그것도 몇 년 동안 죽. 그리고 아줌마가 아스티의 언니 집에 가 있는 지금 아저씨는 마치 버림받은 것 같은 느낌이 들었다.

아저씨는 소파에 앉아서 옆에 있는 홀스타인을 쓰다듬다가 문득 어린 시절에 겪은 일을 기억해 냈다. 아마 아저씨가 다섯 살이나 여섯 살 때였을 것이다. 엄마 아빠가 주말에 아저씨를 데리고 산에 가기로 했다. 아저씨는 통통하고 상상력이 풍부하며 겁이 많은 소년이었고, 아저씨네 아빠는 산의 정기가 아저씨에게 좋을 것이라고 생각했다. 누나들은 벌써 분위기 좋은 바닷가로 떠난 참이었다. 아저씨는 자기만 엄마 아빠랑 같이 며칠을 보내는 게 자랑스럽기도 했지만, 아무것도 하지 않고 신나게 놀고 있을 누나들이 부럽기도 했다. 산에서는 일찍 일어나 아침을 간단하게 먹고, 대개 고깃국 한 대접이 전부인 두 번째 아침을 먹기 전에 엄마 아빠와 함께 가까이 있는 숲 속을 돌아다녔다. 언제인가 한번은 아침 안개가 채 걷히기도 전에, 엄마 아빠가 오늘은 좀 멀리까지 갔다 오자며 아저씨를 깨웠다. 바로 전날 밤, 내일은 하루 종일 밖에서 돌아다닐 테고 치즈 만드는 곳도 보여 줄 계획이라는 걸 들었기에, 아저씨는 가슴이 설레고 기대에 부풀어 잠자리에 들었다.

한 시간쯤 걸었을까? 옆구리가 결리고 이마에선 땀이 방울져 흘러내렸다. 잠깐 숨을 돌리고 싶었지만 좀 쉬어 가자는 말은 차마 꺼낼 수 없었다. 엄마 아빠는 어떤 친척 아저씨에 대해 얘기하고 있었다. 이따금 한두 마디가 귀에 들려왔다. 두 사람은 대화에 푹 빠져서 아들은 잊어버린 듯했다.

"곧 결혼할 것 같아요."

엄마가 그렇게 말하면서 갈림길 뒤편으로 사라졌다. 잠깐만, 아주 잠깐만이야. 아저씨는 멈춰 서서 소맷부리로 새빨갛게 달아올라 땀이 줄줄 흐르는 얼굴을 닦았다. 고작 숨 몇 번 쉴 동안이었다. 그런데 갈림길 앞에 다다라 보니 아저씨는 혼자였다. 정말 이럴 수는 없다고 낙담했다.

"엄마! 아빠!"

목청껏 불러 보았지만 활엽수의 살랑거리는 소리만 대답으로 돌아왔다.

엄마 아빠는 아저씨가 따라오지 못했다는 것을 금세 알아채고 다시 발길을 돌렸다. 엄마 아빠를 보았을 때에야, 그러니까 우선 아빠의 그림자를 보고 이어 엄마의 그림자까지 보았을 때에야, 비로소 돌같이 굳어 있던 몸이 풀리고 아저씨는 훌쩍거리기 시작했다. 엄마 아빠는 아저씨를 진정시키려고 여러 번 입을 맞추고 달래 주어야 했다. 나중에도 아저씨는 몸을 굳게 만들던 두려움과, 한순간이지만 엄마 아빠가 자신을 잊어버렸다는 사실을 깨달았을 때 느꼈던 기묘한 감정을 떠올리면 몹시 속이 상했다. 그때 그린베르크 아저씨는 숲 한가운데 혼자 버려져 있었다. 얼굴은 새빨갛게 달아오르고 땀은 줄줄 흐르고 몸에는 옷이 쩍쩍 달라붙은 채, 아저씨는 어쩔 줄 모르고 살랑거리는 활엽수 아래 서 있었다.

어린 시절의 기억이 떠올라서 아저씨가 울적해졌을까? 아저씨 생각은 어느새 다시 미라벨라 아줌마에게 가 있었다. 가끔 '논문을 써야 해, 난 학자라고.' 하고 혼잣말을 하긴 했다. 그런데 두 손에 머리를 파묻고 곰곰이 생각을 해 봐도 아무것도 나오지 않았다. 계속 딴 길로 샜으니 그럴 수밖에. 아저씨 마음의 눈에는 미라벨라 아줌마만 보였다. 아줌마의 동그랗고 사랑스러운 얼굴이 보였고, 아줌마가 웃는 모습이 보였고, 아줌마가 아저씨랑 얘기하는 모습도 보였다. 이제 모든 것이 완전히 새롭고 운명적인 빛 속에 드러나는 것만 같았다. 아저씨는 미래를 마음속에 다시금 그려 보았다. 이런저런 일을 다시금 생각해 봤고 아줌마에게 무슨 말을 해야 할지, 그럼 아줌마가 어떻게 대답할지 상상해 봤다. 그렇게 가장 아름다운 꿈속에서 마음을 다시금 추슬렀다. 일할 의욕이 새롭게 생겨났다. '나는 학자야, 논문을 써야 해.' 하고 혼잣말을 했다. 마음을 굳게 먹고 펜을 손에 쥐고 곰곰이 생각해 봤지만 그 생각과 착상을 문장으로 풀어 낼 수 없었다. 이상한 소리가 나서 꿈에서 깨어났다. 무슨 소리지? 누가 문 앞에서 청소기를 돌리고 있나? 어떻게 이럴 수가 있지? 미라벨라가 돌아왔나? 아저씨는 당장 달려가서 문을 활짝 열어젖혔다. 아이들을 보자 실망스러웠다. 아, 아니구나. 미라벨라는 여전히 아스티의 언니 집에 있구나.

"아, 미안해요. 방해하려던 건 아니었어요."

마틸다가 아저씨의 굳은 눈빛을 보더니 사과했다.

"방해라니? 그런 말을 왜 해? 너희가 방해되지는 않아."

아저씨는 어리둥절해서 그렇게 말하고 아이들을 서재에 불러들였다.

얼마 지나지 않아 여러 가지 이야기를 하게 되었다. 마틸다는 늘 그렇듯 자기 생각을 거리낌 없이 말했다. 온 집안이 반짝반짝 윤이 나니 책상도 치워야 한다고.

그린베르크 아저씨는 이런 시건방진 애가 자기를 가르치도록 그냥 놔뒀을까? 마틸다가 맹랑하다고 생각하지 않았을까? 정반대였다. 아저씨도 집 안을 다 정리해야 한다는 데 동의하고 엄청난 종이 더미를 당장 분류하기 시작했다. 책상 위와 옆과 아래에 쌓여 있던 쪽지와 공책과 메모지를 들어 올려 정리했다. 쪽지를 정리하다 보면 늘 그렇듯 뭘 써 놓았는지 다시 읽어 봤다. 그리고 읽는 일에 열중하다 보면 늘 그렇듯 정리 정돈은 까맣게 잊어버렸다.

그러다가 몇 년 전에 잊지 않으려고 적어 놓은 짧은 이야기를 발견하게 되었다. 내용을 다 잊어버렸을 뿐만 아니라 그 이야기를 어디 적어 놓았다는 사실까지 잊어버렸기에, 그 이야기를 다시 찾아낸 지금 아저씨는 기분이 좋아졌다.

"재미있는 일이로구나. 어린 시절에 겪은 일을 방금 생각했는데, 이제 오랜 세월이 흐르고 나서 내가 좋아한 이야기를 하나 찾아냈구나."

아저씨가 웃으면서 아이들에게 말했다.

"어린 시절에 겪은 일이라니 어떤 건데요?"

티나가 물었다.

"어떤 이야기인데요?"

마틸다도 물었다. 그린베르크 아저씨는 티나를 봤다가 다시 마틸다를 보았다. 사람들은 때로 두 가지 가운데 하나를 골라야만 한다. 아저씨는 어린 시절에 겪은 일을 골랐다.

"나는 여섯 살이었어. 누나들은 벌써 바닷가로 떠났는데 나는 부모님과 함께 산에 가야 했지……."

아저씨가 이야기를 시작하자 아이들은 기대에 부풀어 가까이 다가앉았다.

곧 이야기꽃이 활짝 피었다. 누구나 다 자기가 어떤 괴로움을 견디어 내야 했는지 말했다. 다들 마음속으로는 자기가 가장 끔찍한 일을 경험했다고 믿었고, 자기의 무서운 이야기가 다른 사람 이야기에 뒤지는 게 싫었기 때문에 마틸다, 루카, 티나, 지몬은 경쟁하듯 이야기를 꺼냈다. 여전히 기분 좋게 종알거리며, 장난감 상자 속에 떡하니 자리를 차지하고 앉아 있던 거미의 털이 부숭부숭한 다리를 묘사했고, 동물원에서 사라진 거대한 뱀 이야기를 했고, 엄마 아빠 방에 닿으려면 지나가야 하는 음산한 복도를 더욱 어두운 빛깔로 그려 냈다. 아이들은 이 끔찍한 사물들의 비열함과 위험함에 대해 신이 나서 떠들어 댔다. 어떤 사촌 언니를 바보 같아 보이도록 만들기 위해 마틸다도 수단 방법을 가리지 않았다.[3]

"가장 끔찍한 일은 극장에서 일어나."

내내 입을 다물고 있던 파울이 불쑥 말했다. 모두들 김이 펄펄 나는 코코아를 마실 때였다. 프랑스랑 스페인 사람들이 하듯 진짜 초콜릿을 녹여 끓인 코코아였다. 냄비에 우유를 데워서, 하얀 액체가 점점 어둡고 진한 색으로 변하다가 결국 끈끈해질 때까지, 초콜릿을 잘게 부수어 넣었다. 온 부엌에 초콜릿 향기가 진동했다. 아, 초콜릿은 왜 이렇게 냄새가 좋을까? 마틸다가 그렇게 생각하는 동안 파울은 어떤 연극에 나오는 시체를 하나하나 헤아렸다.

"어떤 왕자가 자기 아버지가 살해당했다는 사실을 알게 돼. 하나. 그리고 왕자의 약혼녀는 강에 빠져 죽지. 둘. 왕자는 약혼자의 아버지를 칼로 찔러 죽여. 셋. 왕자의 어머니는 자기 아들 마시라고 독을 타 놓은 포도주를 마시지. 넷……."

"세상에! 난 늘 연극이 지루하다고 생각했어."

루카가 혀를 내둘렀다. 아이들은 친구들이 특별히 하고 싶은 얘기가 별로 없을 때 흔히 그렇듯 그저 가까이 있는 것만으로도 즐거워하면서 한동안 수다를 떨던 참이었다.

다른 애들이 신이 나서 계속 떠들고 있는 동안, 그린베르크 아저씨는 눈이 휘둥그레져서 파울을 바라보았다. 햄릿 아니야? 얘가 햄릿 이야기를 하고 있네. 햄릿을 어떻게 알지? 아주 어려운 작품이잖아! 아저씨도 희곡을 읽어 보려고 했지만 그만 잠이 들어 버렸다. 유능한 학자도 읽다 말고 잠이 드는데, 아무리 똑똑하다고 해도 어린아이가 어떻게……. 파울은 아저씨를 끊임없이 놀라게 했다. 파울이 아마추어 극단에서 연기를 직접 했다는 사실도 지금 막 알게 되었다.

연기를 직접 했다고? 아저씨는 감탄했다.

"이제는 연기하지 않니?"

"안 해요."

파울은 심드렁하게 대답하고 다른 화제를 꺼냈다.[4]

해가 뉘엿뉘엿 저물었다. 어느새 어스름 한 줄기가 지평선에서 기다리고 있었다. 몇몇 집과 지붕은 아직 마지막 햇빛 속에 서 있었다. 하늘은 붉게 물들었다. 아저씨 서재에도 마지막 햇빛이 스며들어서 모든 사물을 빛으로 덮어 놓았다. 저쪽 벽이 반짝였다. 이쪽에선 의자가, 저쪽에선 책장이, 또 다른 쪽에선 창문이 반짝 빛을 냈다. 어둠이 조금씩 내렸다. 모두 이 순간의 장엄함을 느끼기라도 한 듯 한동안 조용했다. 그러나 침묵은 오래가지 않았다. 그린베르크 아저씨가 느닷없이 외쳤기 때문이었다.

"우리 모두 연극 보러 가자!"

"좋아요."

마틸다가 얼른 맞장구를 쳤고 다른 아이들도 신이 나서

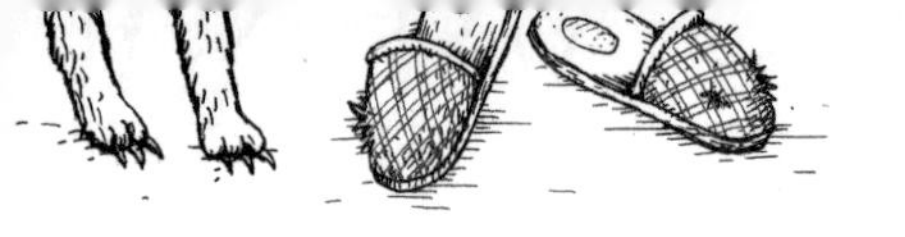

그러자고 했다.

그린베르크 아저씨가 신문을 찾아와 언제 어떤 연극을 볼지 다 함께 정한 다음, 아이들은 엄마 아빠에게 허락을 받아 오기로 했다.

그날 밤 그린베르크 아저씨는 마틸다와 지몬이 한 이야기를 낱낱이 떠올려 보았다. 두 아이는 다른 애들이 돌아간 다음에도 복도에서 좀 더 뭉그적거렸다. 아저씨는 마틸다와 지몬이 뭔가 할 얘기가 있지만 어려워서 말을 꺼내지 못한다는 사실을 눈치챘다. 복도에서 소곤대는 소리가 들리더니 조금 지나자 누가 문을 두드렸다.

"네?"

아저씨가 대답하자 두 아이가 쭈뼛쭈뼛 들어왔다.

"오늘 아주 즐거웠어요."

마틸다가 입을 여는가 싶더니, 다음 순간 거침없이 줄줄 말이 쏟아져 나왔다. 파울은 반 년 동안 연기를 했는데, 재미있어했을 뿐만 아니라 진짜 재능도 있었다고. 그런데 할머니가 병에 걸렸고, 그것만으로는 모자란지 파울은 그토록 좋아하던 연기까지 그만둬 버렸다고.

"파울은 정말 연기하는 걸 좋아했어요."

마틸다가 보고를 끝내자 지몬이 거들었다.

아저씨는 소파를 가리키며 말했다.

"여기 좀 앉아라. 난 파울이 할머니 때문에 연기를 그만

둔 줄은 몰랐어……."

아저씨는 일어나 창가로 걸어가서 아이들에게서 고개를 돌린 채 말을 이었다.

"내가 너희만 했을 때 난 우리 피아노 선생님에게 홀딱 반했단다. 그런데 누나와 부모님이 그런 나를 두고 농담을 하는 걸 알게 됐어. 사실 그리 끔찍한 일은 아니지만 그때는 나를 진지하게 여기지 않는 게 참 견디기 힘들었지. 나는 집을 나가려고 했고, 우연히 만난 친구가 말리지 않았다면 정말 떠났을 거야."

아저씨는 몸을 돌려 다시 책상으로 되돌아왔다.

"우리는 서로 가장 좋은 친구가 되었어. 오랫동안 문제가 있을 때면 서로 도와주었지. 그 친구는 나를 지지하고 격려하고 위로했고 나도 그 친구를 위해 똑같은 일을 했단다. 우리는 시간 가는 줄도 모르고 서로 무슨 생각을 하는지, 무엇을 느끼는지, 어떤 미래를 꿈꾸는지, 무엇이 두려운지 속내를 다 털어놓았어. 둘 다 상대방이 없었다면 세상은 텅 빈 것만 같았을 거야. 그런데 언제부터인지 모르게 연락이 끊겼단다. 어른이 되면 으레 그런 법이야."

그린베르크 아저씨는 어깨를 으쓱 추켜올리면서 말을 이었다.

"나한테 고마워할 필요는 없단다. 내가 너희에게 고마워해야지. 난…… 이 멍청한 당나귀 같은 내가 다 잊어버리고 있었어. 그런데 너희가 기억을 되새기게 해 주었지."

아저씨는 사랑이 가득한 눈으로 두 아이를 바라보았다. 아이들이란 얼마나 놀라운지.

"자, 우리 꼬맹이들."

아저씨는 감정을 드러낸 게 갑자기 쑥스러워졌다. 그래서 시계를 보고 나서 파리를 쫓는 듯한 손짓을 했다.

"얼른 집에 가라, 나도 할 일이 있으니까."

아이들은 일어나서 기지개를 켰다. 걸어가면서 외투를 걸쳤다. 문가에 다다랐을 때 마틸다가 뒤를 돌아보았다.

"뭘 기억했는데요?"

마틸다가 물었다.

그린베르크 아저씨가 웃으면서 대답했다.

"어떤 친구의 친구가 되는 것보다 더 소중한 일은 없다는 사실을."[5]

1 그린베르크 아저씨는 자기 자신에 대해 놀라고 있었어. 어제까지만 해도 마음이 편했는데 오늘은 혼자라고 느꼈어. 왜? 사랑에 빠졌으니까.

사랑에 빠졌으니까, 뱃속이 허했어.

사랑에 빠졌으니까, 아침이면 파란 셔츠를 입어야 할지 하얀 셔츠를 입어야 할지 몰랐고, 머리가 너무 길지 않은지도 몰랐어.

사랑에 빠졌으니까, 아주 작은 것까지 행복을 그려 보았지.

사랑에 빠졌으니까, 잠들지 못하고 머리맡의 전등불을 켜서 책을 읽다가 아무것도 이해하지 못하고 다시 전등불을 끄고, 한숨을 쉬면서 침대에서 이리저리 뒤척였어.

사랑에 빠졌으니까, 향수를 뿌렸어.

사랑에 빠졌으니까, 행복한 웃음을 지은 채 세상으로 나갔어.

사랑에 빠졌으니까, 아침이면 너무나도 행복했고 점심에는 무척 절망적이었다가 저녁에는 다시 기뻐졌어.

사랑에 빠졌으니까, 지치지도 않고 계속 물어봤어. 그녀도 날 사랑할까?

사랑에 빠졌으니까, 아줌마가 없는 세상은 텅 비어 있었어. 그렇지만 세계 인구가 67억이나 되는데, 제정신이라면 누가 진지하게 자기는 혼자고 외롭다고 주장할 수 있을까? 어이없는 생각이지만 진짜 그래. 사랑에 빠졌으니까, 아저씨는 혼자고 외로웠어.

2 황감하다니? 뭐 이런 고리타분한 단어가 다 있어! 망극하다, 윤허, 권솔, 통촉, 성은처럼 촌스럽잖아. 요즘 누가 '황감하다'는 말을 써? 그린베르크 아저씨. 아저씨는 미라벨라를 생각할 때 넋을 잃고, 혼이 빠지고, 홀리고, 매혹되고, 매료되고……. 그런 단어들도 사용해. 한마디로 하자면 사랑에 빠진 거야.

마틸다가 어디선가 읽었는데 사람들은 대부분 500개의 어휘만 쓰면 충분하대. 집 안에 있는 모든 물건을 '저기 저거'라고 부르는 사촌 언니를 생각하면 그것도 너무 많이 잡은 거야. 후베르트 아저씨도 더 적은 어휘로 만족하거든. 아저씨는 외국인이 외국에서 하는 건 모두 '허튼짓'이라고 부르고 외국인이 외국에서 말하는 언어는 모두 '헛소리'라고 불러. 그게 중국어 헛소리든, 스페인어 헛소리든, 러시아어 헛소리든 상관없어. 마틸다의 엄마도 별로 다르지 않아서, 어떤 날에는 만나는 사람들을 모두 '뻔뻔스런 인간'이라고 부르지. 그래서 계산원이거나 길가는 사람이거나, 점원이거나 양장점 주인이거나, 부장이거나 우체부거나, 신문 판매원이거나 오토바이 운전자거나, 유모차를 끌고 가는 엄마거나 연인이거나, 일일이 구분하는 수

고를 덜어 버려. 토어스텐 쇼터 선생님도 교실에서 가르치는 일이 지겨울 때면 교탁이나 연습장이나, 스펀지나 칠판이나, 출석부나 분필이나 분필통을 모두 '지긋지긋한 물건'이라고 하지.

어쨌든 좋은 이야기꾼이 되려면 적어도 2만 단어는 알아야 한다고 거기 적혀 있었어. 마틸다는 용돈이 더 필요하다는 사실과 자기 방에 그물 침대가 있으면 끝내 줄 거라는 사실을 엄마 아빠에게 확신시키기 위해서라도 좋은 이야기꾼이 되기로 했지. 그래서 단어를 모두 적기 시작했어. 자기가 아는 단어와 모르는 단어 모두.

2a 마틸다는 내친 김에 적당한 이름이 없는 상황을 일컫는 단어를 만들기로 마음먹었어. 예를 들어 버스가 코앞에서 떠났을 때 입가에 맴도는 욕설을 뭐라고 불러야 할까? 배가 무척 고플 때 햄이나 치즈를 얹은 빵을 한 입 베어 물기 바로 전 순간은? 꼭 끼는 신발을 벗을 수 있게 됐을 때 마음이 놓여서 내쉬는 한숨은 뭐라고 불러야 할까? 아니면 시내에 나갔을 때 아주 멀리서부터 친한 친구가 걸어오는 모습만 봐도 알아볼 수 있는 것은? 피곤해서 엄마에게 매달리는데 엄마가 손으로 머리를 쓸어 줄 때 솟아나는 감정은 뭐라고 불러야 할까? 얼굴을 베개에 묻을 때 풍기는 향기는? 수영장 가장자리에 앉아 발가락을 물에 담글 때 온

몸에 전해지는 한기는 뭐라고 불러야 할까? 창문을 열고 밖으로 몸을 내밀었을 때 얼굴 위에 내리는 보슬비는?

3 마틸다는 어렸을 때 왕성한 식욕을 자랑했어. 어찌나 식욕이 좋았는지 열 살 위인 사촌 언니보다 많이 먹은 적도 드물지 않았어. 사촌 언니는 먹을 때 자꾸 꾸물거리다가 마틸다 좀 본받으라는 소리를 자주 들었지. 다른 사람들이 입맛이 없어서 접시를 앞에 놓고 깨작거릴 때, 마틸다는 전혀 까탈 부리지 않고 젖니 네 개로, 말 그대로 주는 것은 모두 먹어 치웠대. 그래서 사촌 언니는 무슨 일이 있어도 먹고 싶지 않거나, 꼭 다문 입술 사이로 보내고 싶지 않은 음식은 마틸다에게 디밀었지. 엄마가 등을 돌린 사이에. 그러면 마틸다는 이렇게 푸짐한 음식을 주는 언니를 감사와 애정이 넘치는 눈길로 바라보았대. 고무처럼 질긴 고기도 너무 오래 삶은 브로콜리도, 푹 쪄낸 생선도 태운 밥도, 심지어 밍밍한 닭고기 수프나 소금을 너무 많이 친 콜리플라워까지 열심히 씹어 댔지. 엄마가 얼마나 흐뭇해했는지 몰라. 그 모습을 봤어야 한다니까. 마틸다가 먹을 것 앞에 앉으면 버둥거리면서 어찌나 안절부절못했는지, 식탁 의자에 앉혀 주면 그저 신이 나서 몸을 어찌나 죽죽 펴 댔는지, 턱받이를 둘러 주면 동그란 얼굴이 어찌나 환하게 밝아졌는지……. 그리고 접시가 오면 통통한 팔을

어찌나 열심히 들어 올렸는지, 뚱해 있던 사람도 그 모습을 보면 싱긋 웃고 말았다니까. 그러니까 마틸다에게 이런 저런 별명이 붙은 것도 당연하지. 엄마 아빠는 대견하다는 듯 '보름달 얼굴'이나 '이중 턱 여사'라고 불렀고, 사촌 언니는 '경단'에 '배둘레햄'이라고 놀렸어. 어느 날 오후, 차를 마시면서 수다를 떨다가 마틸다가 사촌 언니 대신 먹어야 했던 음식물 이야기가 나왔어. 언니는 자기를 용서할 수 있겠냐고 물었어. 뭐야? 흐물흐물한 생선이랑 브로콜리까지? 마틸다는 사촌 언니가 자기에게 안겨 준 괴로움에 무척 충격을 받았지. 그래서 마침내 이 뻔뻔스런 인간에게 따끔하게 말해 주려고 했어. 자기가 언니를 어떻게 보는지, 즉 징징거리는 거랑 하고 다니는 꼴을 어떻게 보는지, 또 그놈의 에디와 결혼하는 사실을 어떻게 보는지 말이야. 그런데 하필 그때 엄마가 끼어들었어.

"그게 언제 이야기인데 벌써 다 잊어버렸지. 안 그래? 마틸다."

마틸다는 엄마 얼굴을 흘끗 보고는, 속으로 이가 갈리기는 하지만 고개를 끄덕이는 게 낫겠다고 판단했어. 좋아, 그럼 다 용서하고 다 잊을 거야. 그런데 내가 용서했다는 사실마저 잊을까? 그건 절대로 잊을 수 없지.

4 파울은 연기를 하고 싶었어, 정말 하고 싶었어. 그건 제

때 터져 나오지 못하고 가슴을 조여 대는 탁한 기침처럼 꾹꾹 소리를 내는 욕망이었어. 그러나 엄마나 아빠가 연기를 왜 그만두었냐고 물으면, 파울은 됐다고 신경질적으로 쏘아붙였어. 인생이 마치 털실 뭉치라도 되는 양 떨어뜨린 곳에서 다시 시작하라고 권하면, 마음속으로 다른 애들은 모두 명랑하고 다 잘 지낸다고 대꾸했어. 그런데 그냥 이렇게 계속할 수 있을까? 할머니가 돌아가신 다음에도 아무것도 변하지 않은 척 계속 살아갈 수 있을까? 아무 일도 일어나지 않은 것처럼 계속할 수 있을까? 생각만 해도 이루 말할 수 없는 분노가 치밀어 올랐어. 방에 혼자 앉아 일상의 소음을 들으면서 생각했어. 아, 다 미워 죽겠어.

파울은 어떻게 하면 이 분노에서 빠져나갈 수 있을지 몰라서, 하는 수 없이 분노 속에 웅크리고 앉아 있었어. 부모님과 저녁을 먹을 때면 눈살을 있는 대로 찌푸리고 그릇 너머를 바라보았어. 엄마 아빠가 나한테 아무것도 바라지 않았으면. 마치 옆방에서 누가 자고 있기라도 한 것처럼 목소리를 낮춰 이야기하지 않았으면. 짐짓 아무 걱정도 없는 듯, 즐거움이 뚝뚝 흐를 것 같은 목소리로 말하지 않았으면. 늘 산만하고 늘 심드렁한 그린베르크 아저씨만 파울한테 아무것도 바라지 않았어. 아저씨는 그저 파울에게 귀 기울여 주었어. 두 사람은 자주 눈으로 얘기를 나누기도 했지. '너도 봤니?' 마틸다가 마지막 핫케이크 조각을 코

앞에서 휙 채 갔을 때 아저씨의 휘둥그레진 눈은 그렇게 말하고 있었어. '이 옷은 어때? 괜찮아 보여?' 특별한 일이 있다고 멋진 양복을 쏙 빼입고 파울 앞에 선 아저씨의 눈길은 그렇게 묻고 있었어. '배 있는 데가 조금 끼지?' 아저씨 눈이 쑥스럽게 깜박거렸지. 그러나 다음 순간 아저씨가 파울의 등을 두드리면서 그토록 크고 기분 좋게 웃었기에 파울도 동의할 수밖에 없었어.

5 마틸다도 그날 밤 늦도록 잠들지 못했어. 어떤 친구의 친구라니? 얼마나 이상하게 들리는 말인지! 그리고 얼마나 많은 질문을 던지는 말인지! 나를 좋아하지 않는 사람과 친해질 수 있을까? 사람들은 적이랑 친구가 될 수 있을까? 우정이란 언제나 상호성에 바탕을 둘까? 그렇다면 얼마나 확실하게 그럴까? 마틸다는 티나와 친하지만 티나도 마틸다와 친할까? 티나가 마틸다를 좋아하는 것보다 마틸다가 티나를 더 좋아한다면, 그래도 여전히 우정이라고 할 수 있을까? 그런데 돌을 챙겨 주고 전망 좋은 곳에 데려다주고 나무도 사랑하는 루카는 어떡하지? 돌이나 나무는 사랑에 보답하지 않는데! 그리고 가수나 배우들은? 반 아이들은 그들에 대해서 모든 것을 다 알고 그들과 친해지길 원하지만, 글쎄. 그리고 어른이 되었다고 해서 가장 친한 친구와 연락이 끊겨 버린 그린베르크 아저씨는? 어른들은

친구에게 내줄 시간이 없을까? 어른이 되면 마틸다도 티나를 잊어버릴까? 그런데 마틸다가 티나를 잊어버리면 우정은 어떻게 되는 걸까?

질문이 끝도 없이 이어지자 마틸다는 몹시 피곤해졌어. 마틸다는 물먹은 솜처럼 지쳐서 침대에 누운 채 난방장치가 규칙적으로 윙윙거리는 희미한 소리를 듣고 있던 참이었어. 마룻바닥과 나무 옷장에서도 마찬가지로 딱딱거리고 삐걱거리는 소리가 나는 듯했어. 그런 소리를 듣는데 왜 그린베르크 아저씨가 떠올랐는지는 모르겠어. 아무튼 그랬어. 아, 그렇구나, 하고 마틸다는 생각했지. 눈을 살짝 뜨고 속삭였어.

"랍비예수마리아알라부처님이시여, 저는 어른이 되더라도 친구와 연락이 끊어지지 않게 해 주세요."

⚜

열 번째 장

공짜 껌과 비밀스러운 책. 누군가가 운다. 사람을 감싸 주는 어둠. 왜 어떤 사람들은 시키지도 않았는데 대화에 끼어들고 다른 사람들은 안 그러는지. 두 문장으로 이루어진 편지.

티나와 파울은 꼬마 루카와 헤어지고 난 다음에 조금 더 걸어 올라가면서 이런저런 이야기를 했다. 그런데 학교와 선생님 흉을 실컷 보고 나자 대화가 조금 시들해지더니 이내 조용해졌다. 저녁이 시작되었다. 한 층 한 층, 창문에 불이 켜졌다. 그런 창문 가운데 하나에서 어떤 엄마가 몸을 내밀고 아이가 어디 있는지 살펴보았다.

"라우라, 라우라!"

엄마가 손을 흔들면서 불렀다. 그 많은 그림자 가운데 딸의 작은 모습을 발견하자 기뻐서 어쩔 줄 몰랐다. 딸은 주위를 재빨리 둘러보더니 고개를 움츠리고 현관문 안으로 들어갔다.

티나가 손을 외투 주머니에 집어넣었다.

"내내 얘기를 하고 싶었어. 나 어제 너 봤어."

"그래?"

파울이 대답했다. 마침 빵집 앞을 지나는데 갓 구운 빵 향기가 날아왔다. 파울은 저녁을 먹기 전에 뭔가 군것질하고 싶은 마음이 굴뚝같았다. 바지 주머니를 탈탈 털어서 동전 몇 개를 꺼내 들고 뭔가 물어보고 싶은 표정으로 티나를 보았다. 티나는 고개를 끄덕였다. 빵집에서 나온 파울이 티나에게 봉지를 내밀었다.

"먹으면 안 되는데……."

티나는 말은 그렇게 하면서도 손을 내밀었다.

둘은 밤나무 아래 긴 의자에 앉았다.

"나한테 무슨 얘기를 하려고 했어?"

파울이 손을 바지에 쓱쓱 문질러 닦고 나서 물었다.

티나가 조심스럽게 말을 꺼냈다.

"네가…… 껌 자판기를 발로 차는 걸 봤어."

그러고는 잠깐 망설이다가 덧붙였다.

"네 기분 다 알아."

파울은 황당하다는 듯 티나를 바라보았다.

"기분? 도대체 무슨 기분 말이야?"

티나는 대답을 찾아 고심하다가 말했다.

"화가 났잖아."

"내가 왜 껌 자판기에 화를 내겠어?"

"껌 자판기 때문이 아니라……."

티나는 머뭇머뭇 망설이다가 결국 기어드는 목소리로 말했다.

"할머니가 돌아가셔서."

파울은 고개를 저었다.

"나는 공짜로 껌을 먹고 싶었을 뿐이야."

파울은 그렇게 말하고, 자판기가 고장이 나서 발로 차기만 하면 게으름뱅이 천국에서처럼 껌이 입속으로 날아든다고 설명했다.

"다들 언제나 아주 정확하게 잘 알고 있지."

파울이 으르렁거렸다.

"엄마 아빠, 선생님, 이웃사람들, 이제는 너까지. 모두들 나한테 물어보지도 않고[1] 언제나 내가 뭘 생각하는지, 뭘 느끼는지 잘도 알고 있지."

그렇지만 뭐라고 물어봐야 했을까? 티나는 도무지 확신이 서지 않았다. 어떻게 알 수 있겠는가! 티나 주위에선 다행히 아직 아무도 죽지 않았다. 오직 한 가지만 확실하게 알 수 있었다. 오늘 파울에게 질문의 책을 건네주리라는 사실을.[2]

파울은 이따금 시계를 흘끗거리면서 이야기했다. 엄마 아빠는 파울이 단 1분이라도 늦으면 또 걱정을 할 게 분명했다. 두 사람은 비록 티내지 않으려고 애썼지만 요즘 파울 걱정을 많이 했다. 파울은 종종 엄마의 탐색하는 듯한 눈초리를 느꼈다. 엄마가 자신을 머리끝부터 발끝까지 주의 깊은 눈빛으로 살피고 관찰하는 것을 분명하게 알 수 있었다. 그 눈길은 이렇게 물었다. '다 괜찮은 거야?' '아쉬운 거 없어?' '내가 뭐 도와줄 수 없을까?'

미칠 것만 같았다. 왜 나를 가만히 놔두지 않을까? 왜 나를 성가시게 하는 걸 의무라고 여길까? 엄마가 자기에게 아무 짓도 하지 않았다는 것은 파울도 알았다. 엄마가 파울의 가슴을 아프게 했을까? 아니었다. 그렇지만 엄마를 용서할 수 없었다. 불가능했다. 그런데 뭘? 파울은 알지 못했다. 그래서 궁금한 게 많았다. 그런데 사람들은 언제 어디서나 대답을 딱 마련해 두고 있었다. 그게 무척이나 속상했다. 할머니는 왜 죽었을까? 그야 아팠으니까. 할머니는 왜 아팠을까? 그야 사람들은 아픈 법이니까. 왜 사람들은 아픈 걸까? 그야, 그야, 그야. 모든 사람들이 언제나 대답을 준비해 놓고 있었다.

"가장 안 좋은 건……."

파울은 손을 펴서 의자의 나뭇결을 쓰다듬었다.

"가장 안 좋은 건 다들 어떻게든 나를 달래 주려고 하는 거야. 그렇지만 나는 기분이 좋아지거나 진정하고 싶지 않아."

왜 달래 주는 것이 싫은지, 그 까닭을 몰라서 파울은 안절부절못했다. 이 비밀스러운 세상에서 일어나는 일 가운데 자기가 이해하지 못하는 일이 많다는 것쯤은 알 수 있었다. 다른 사람들이 늘 대답을 주지만 아직 풀리지 않은 의문도 많았다. 대답들은 물론 지혜롭고 적절할 테지만 파울에게는 맞지 않았다.[3]

티나는 그날 저녁 당장 책을 가져다주었고, 파울은 그날 저녁 당장 책을 읽기 시작했다. 가물거리는 등불 아래 첫 장을 펼쳤다. 책에 빠져들수록 주위의 세상은 더욱 조용해졌다. 모든 소음이 마음먹고 사라진 듯했고, 모든 사람들이 발끝으로 걸어 다니는 듯했다. 때로는 한 문장을 보내는 게 못내 아쉬워서 두 번 세 번 다시 읽었다. 때로는 마음이 급해서 이야기 하나를 통째로 건성건성 넘어가기도 했다. 얼른 본론으로 들어가라니까! 부당한 일에 대해 불평하고 가슴을 치고 항의하는 문장에는 그렇게 외치고 싶었다.

책을 다 읽었지만 아무것도 달라지지 않았다. 순간순간 살펴보았지만 아무 일도 일어나지 않았다. 자기 이야기를 쓸 수 있도록 몇 장의 글씨가 흐릿해질 거라고 티나가 말했는데. 기다리다가 책을 불빛을 향해 대 보기도 하고 집중도 해 봤지만 소용없었다. 뭔가 잊어버렸나? 티나가 한 말을 제대로 알아듣지 못했나? 파울은 두 손을 책 위에 올려놓고 골똘히 생각하다가 화들짝 놀랐다. 두리번거리면서 소리가 나는 곳을 찾았다. 거실에서 나지막하고 희미한 소리가 들려왔다. 귀에 거의 들리지 않아서 사실 파울도 소리를 들었다기보다는 예감했다고 표현하는 게 더 나으리라.

누군가 울고 있었다. 파울은 놀라서 자리에서 일어나 귀를 기울였다. 의심할 나위가 없었다. 누군가 울고 있었다. 파울은 문을 살짝 열고 어두운 복도를 지나, 나지막하고 희미한 울음소리를 향해 걸어갔다. 조금 열린 문 앞에서 겁이라도 먹은 듯 잠깐 멈춰 섰다가 용기를 내서 안으로 들어갔다.

엄마가 마룻바닥에 주저앉아 걸레로 작은 갈색 웅덩이를 닦아 내고 있었다.

"그냥…… 차를 엎질렀어."

엄마는 파울을 보자 변명하듯 말했다. 그러고는 천천히 일어서서 빛바랜 파란 모닝가운 소맷부리로 눈물을 훔치더니 뭘 마시지 않겠냐고 물었다. 엄마의 목소리 속에는,

꾹 누르고 있었지만 미세한 흔들림이 남아 있었다.

"네."

파울은 그렇게 대답하고는 엄마를 따라 부엌으로 들어갔다.

전등은 켜지 않았다. 두 사람은 아무 말도 하지 않고 사람을 감싸 주는 어둠 속에 앉아 있었다. 이 어둠 속에서 따뜻하고 부드럽고 포근한 그 무엇이 흘러나와서, 주위에 있는 사물의 색채와 형태만 삼키는 것이 아니라 걱정까지 삼켜 주는 것 같았다.

자동차 한 대가 지나갔다. 파울은 헤드라이트 불빛에 비친 엄마의 얼굴을 흘끗 보았다. 엄마의 얼굴에서 고통은 어느새 사라지고 그저 말할 수 없는 슬픔만 남아 있었다. 자동차가 모퉁이를 돌아가자 거리는 다시 고요해졌다. 파울은 엄마의 한숨 소리를 듣고 엄마에게 기댔다. 옆에 있으니 마음이 편안해졌다. 파울은 이 감정에 자기 자신을 내맡겼다.

이 평화로움은 나중에 파울이 자기 방에 돌아갔을 때까지 따라왔다. 갖가지 감정이 오랫동안 파울을 쥐고 흔들었다. 어디에 있든 견디기 힘들었다. 늘 쫓기는 듯했고 자기는 그 자리에 맞지 않는다고 느꼈다. 그렇지만 거기, 부엌에서는 모든 게 자연스러워 보였다. 즐겁거나 명랑하지는 않았지만 자기의 고른 숨소리만큼이나 분명하고 명백했다. 한순간 시간 감각마저 모두 사라져서 늦었는지 일렀는지도 몰랐지만 상관없었다. 몸은 무겁고 나른했지만 머리는 가벼웠다. 뭔가 잘해 보겠답시고 대화를 하려고 애쓰지 않았다. 사근사근한 말도 건네지 않았다. 엄마도 굳이 오지랖 넓게 신경 쓰려고 하지 않았고 겁에 질린 눈빛으로 바라보지도 않았다. 파울은 엄마의 모닝 가운 가장자리 주름에 머리를 기댔다. 거의 눈치챌 수 없을 만큼 살포시 오르내리는 엄마의 어깨에.

막 잠이 들려는 참이었다. 몸은 어느새 잠에 빠져들었는데 어떤 예감이 퍼뜩 스치고 지나가더니 방 안을 다시 돌아다녔다. 파울은 몸이 무겁고 노곤한 채 한동안 거기 그냥 누워 있었다. 파울의 몸속에서 피곤과 궁금증이 서로 싸웠다.

결국 파울은 일어나 앉았다가 손을 짚고 침대에서 빠져나왔다. 조심조심 어두운 방 안을 걸어가다가 어떤 물체에 발가락을 부딪혔다. 분명 자동차가 든 상자일 거라고 아픔이 가라앉는 동안 생각했다. 사실 그 상자는 창문에 더 가까이 있을 줄 알았다. 책상에 앉아 더듬더듬 조명등의 스위치를 찾아 불을 켜고 맨 아래 서랍에서 책을 꺼내 펼쳤다. 숨을 멈추고 책장을 넘겼다……. 그러자 정말 예상한 대로 몇 장의 글씨가 흐릿해져 있었다.

전혀 놀랍지 않았다. 자연스럽게만 보였다. 파울은 자리에 앉아 잠시 생각하다가 적어 나갔다.

오늘 밤 엄마가 차를 엎질렀다고 우는 것을 보았다. 엄마는 아주 끔찍한 불행이라도 일어난 것처럼 흐느꼈다. 22일 전에 엄마의 엄마, 외할머니가 돌아가셨다…….

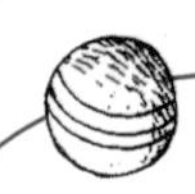

1 마틸다도 정말 흥미로운 질문을 받은 적은 거의 없다고 투덜거리다가, 결국 자기가 받고 싶은 질문들을 모아 목록을 만들었어. 물론 마틸다도 배가 부서져 표류할 가능성이 매우 적다는 것쯤은 알고 있어. 자기가 연립주택 3층에 살지, 돛이 세 개인 해적선에 살지 않는다는 사실을 잘 알고 있거든. 그래도 외로운 섬에 표류하게 된다면 무엇을 가져갈지, 누군가 한 번쯤 물어봐 주면 근사할 거라고 생각해. 또 색깔 하나가 갑자기 사라진다면 어떤 색깔을 절대 포기하지 않을지도 알고 싶어. 때로는 나중에 어떤 물건을 보면 할머니가 기억날지, 할아버지나 엄마나 아빠가 떠오를지 생각해 보기도 하고. 그리고 엄마 아빠가 어떤 옷을 가장 좋아하는지, 그 옷을 왜 좋아하는지도 궁금해. 그리고 아침에 침대에서 눈을 뜨면 가장 먼저 눈에 들어오는 물건이 뭔지 묘사할 수 있을지도 알고 싶어. 마틸다는 정말 많은 질문을 준비해 두고 있어. 그리고 솔직히 말하자면 그 질문들은 언제 방을 치울 생각인지, 한 번쯤 브로콜리를 먹지 않겠는지 묻는 엄마의 질문보다 훨씬 더 흥미진진하다고 생각해.

엄마에게는 이미 설명을 해 주었지.

"그건 질문이 아니라 양의 탈을 쓴 명령이란 말이에요."

1a 어쨌든 마틸다는 자기가 준비한 질문을 엄마 아빠에게

큰 소리로 읽어 주었어. 그렇지만 엄마 아빠는 전혀 귀를 기울이지 않았지. 엄마는 빨래를 개거나 그릇을 정리하거나 뭘 사 둬야 하는지 살펴봤어. 아빠도 별로 다르지 않았지. 안 그럼 정말 흥미진진한 이야기를 하는 중간에 벌떡 일어나서 "여보, 내가 전화 요금 청구서를 어디 놔뒀는지 알아?" 하고 외치겠어?

마틸다는 어른들의 어리석음에 고개를 절레절레 흔들 수밖에 없었어. 엄마 아빠는 정말 양말이나 전화 요금 청구서가 마틸다보다 중요하다고 생각하는 걸까? 때때로 어른들에게는 모든 것을 일일이 정확하게 가르쳐 주어야 하니까 마틸다는 두 사람을 위해서 이야기를 지어냈지. 첫 번째 이야기에선 엄마가 빨래를 정돈하기보다 딸에게 귀를 기울였기 때문에 양말 한 짝이 집을 떠나 멀고 험한 세상으로 나가지. 두 번째 이야기에선 똑같은 이유로 전화 요금 청구서가 일찍 독립하고. 그 이야기가 마틸다가 바란 대로 효과가 있었냐고? 궁극적으로는…… 아니지!

2 질문의 책을 다른 애에게 넘겨주는 일이 쉽지는 않았지만, 그렇다고 그냥 가지고 있었다면 티나는 자기 스스로 무척 부끄러웠을 거야. 구태여 오래 생각해 보진 않았고 그저 느낌대로 행동했을 뿐이야. 마치 자기 속 가장 깊은 곳에 일종의 저울이 있는 듯했어. 왜 그랬는지는 몰라. 그

건 빵집에서 줄을 서서 기다릴 땐 초콜릿 크림 케이크 조각에 눈독을 들였지만, 징작 차례가 왔을 땐 당황해서 기어드는 목소리로 건포도 빵을 달라고 하는 것과 똑같은 느낌이었지. 학교에서 선생님이 낸 문제의 답을 알고 있을 때, 다른 학생이 대신 손을 들어 손가락을 탁탁 튕기면서 발표를 하려고 할 때까지 자기 대답이 옳은지 의심하는 것과 똑같은 느낌이었어. 수업 시간까지 교실에 닿기가 아슬아슬할 때 계단 네 개를 한꺼번에 뛰어오르게 만드는 것과 똑같은 느낌이었어. 또 마틸다가 묻지도 않았는데 이유도 없이 대화 중간에 끼어들 때 그냥 눈을 내리깔게 만드는 것과 똑같은 느낌이기도 했고. 그래, 초콜릿 크림 케이크 조각을 먹을 수도 있고 계단을 느릿느릿 올라갈 수도 있고 뭐든지 떠오르는 대로 한마디 해 줄 수도 있지. 그래, 그런 느낌이 없다면 그 책을 그냥 혼자 간직할 수도 있었을 거야. 그런데 그런 느낌이 대체 어떤 거야? 티나는 설명할 수 없었어. 꼭 설명을 해야 했다면 그저 어깨만 으쓱 추켜올렸을 거야.

3 파울은 물어보고 싶은 게 참 많았어. 너무나도 많았어. 언젠가, 할머니가 돌아가시기 바로 얼마 전에 파울은 병원에 있는 할머니를 찾아갔어. 이 방문이 마지막 방문은 아니었지만 그래도 파울의 기억 속에 영원히 남았지. 할머니

는 자고 있었어. 얼마 전부터 점점 더 오래 잠을 잤지. 파울은 조용히 침대 위 할머니 옆에 앉았어. 잠깐 꾸벅꾸벅 졸았나 봐. 화들짝 놀라 고개를 들었을 때 할머니와 눈이 마주쳤거든. 파울은 얼른 일어나서 할머니에게 마실 것을 줬어. 할머니 얼굴을 받쳐 주다가 할머니가 얼마나 여위고 얼마나 약해졌는지 깨닫자 자기도 모르게 울음이 터졌어. 할머니는 파울의 팔을 어루만져 주었고, 파울은 차츰 마음을 가라앉히고 조용해졌지. 그러고는 할머니가 원하는 대로 친구들 얘기를 해 줬어. 자기가 무슨 말을 하는지도 모르고 종알대다가 문득 가슴이 너무 아파서 물었어.

"그런데 내가 뭘 어떻게 해야 하죠?"

할머니는 알아듣지 못했는지, 아니면 알아듣고 싶지 않았는지 대답을 하지 않았어. 그때 간호사가 와서 이제 그만 가야 한다고 말했지. 문가에서 뒤돌아보았더니 할머니가 힘겹게 손짓을 해 주었어.

그러고 나서 파울은 친구들과 축구하러 갔고 병원에서 있었던 일은 다 잊어버렸어. 사실 할머니 생각에서 빠져나오고 싶었어. 더러워진 셔츠처럼 벗어 내고 싶었지. 놀고 웃고 싸우고 싶었어. 마음 내키는 대로 하고 싶었어. 이튿날에야 비로소 할머니 생각이 났고 할머니를 그렇게 기억에서 지워 버린 게 못내 마음에 걸렸어.

그런데 할머니가 쓴 편지가 도착했어. 파울은 오랫동안

그 편지를 손에 들고 있다가 봉투를 열었어. 심장이 두근두근 뛰었지. 할머니는 떨리는 글씨로 딱 두 문장만 적어 놓았어.

나를 위해 뭔가 해 주고 싶니?

그럼 행복하렴.

그렇지만 어떻게, 내가 어떻게 할머니 없이 행복할 수 있어요. 파울은 눈앞이 캄캄해져서 생각했어.

열한 번째 장

누가 동정이 필요한가? 어른이 아이들을 위한 책을 읽어도 될까? 때 빼고 광내고. 낯선 감정, 책임감. 오직 구혼자뿐. 377가지 어리석음과 48가지 반쪽 어리석음과 24가지 4분의 1쪽 어리석음. 미라벨라가 돌아오다. 콩알만 한 간.

미라벨라 아줌마가 없는 지난 두 주일 동안이 아줌마가 돌아오기 바로 전인 지금보다 마음은 한결 가벼웠다. 그린베르크 아저씨는 아줌마를 그리워했지만 몇 시간 있으면 아줌마가 돌아오는 지금, 머리를 한 방 얻어맞은 듯한 느낌이었다. 여덟 시간이라니, 고작 그게 뭐야! 그린베르크 아저씨는 침착하지 못하게 갈팡질팡 방 안을 돌아다녔다. 아줌마에게 할 말을 천 번쯤 정리해 보았다가 그 말을 천 번쯤 취소해 버렸다. 가망이 없었다. 잘될 리가 없었다. 아줌마는 왜 이러면 안 되는지 설명해 주려고 빤한 변명을 늘어놓을 테고 아저씨를 위로하려 들 것이다. 그린베르크 아저씨는 움찔했다. 흥분해서 귓가가 달아오르고 얼굴에 도 수상한 붉은 반점이 돋아났다. '난 동정은 필요 없어요.' 아저씨는 괜스레 화가 나서 생각했다. 아줌마가 지금 방에 들어왔다면 분명 얼굴을 똑바로 보면서 그렇게 소리를 질렀을 터였다.[1]

그러나 아줌마 대신 파울이 들어왔다. 아저씨가 동정은 필요 없다고 100번째 생각한 바로 그 순간 파울이 문 안으로 머리를 빠끔 들이밀었다. 마침 아저씨는 그토록 끔찍한 표정을 지은 채, 그토록 간절하게 손을 그러모으고, 그토록 괴로운 눈빛으로 허공을 쳐다보고 있던 참이었다. 파울은 그런 아저씨가 가엾어서 못 견딜 지경이었다.

"어? 무슨 일인데?"

아저씨가 물었다.

"뭘 사 와야 할지 여쭤 보려고요."

파울이 대답했다.

아저씨는 어깨만 으쓱하더니, 다시 팔꿈치를 책상 위에 세우고 얼굴을 손 안에 파묻은 채 똑같은 생각을 했다.

"제가 직접 살펴볼게요."

파울은 그렇게 웅얼거리고 문을 살짝 닫았다. 한동안 문가에 서서 곰곰이 생각했다. 그린베르크 아저씨에게 고민이 있다는 것은 의심할 나위가 없었다. 무엇인가 해야만 했다. 그렇지만 뭘? 어떻게든

아저씨를 도와주어야 했다. 그렇지만 어떻게? 파울은 그저 어린아이일 뿐이었다. 파울이 대체 뭘……. 갑자기 좋은 생각이 났다. 당연한 일이었다, 어떻게 그 생각을 안 할 수 있을까? 파울은 아저씨에게 질문의 책을 주고 싶었다.

그러나 밤이 되자 갈등이 생겼다. 그 책은 도움이 필요한 아이들을 위한 책이잖아? 오직 아이들만을 위한 책이잖아? 그래, 그렇지만 어른에게도 도움이 필요할 땐, 그 책이 도움이 되리라는 것을 분명하게 알고 확신할 땐? 그렇지만 질문의 책이 왜 있는데? 어른들이 아이들에게 괴로움을 주기 때문이잖아? 물론 그린베르크 아저씨는 아이들에게 무엇을 강요하거나 명령하고 벌을 주거나 싫어하는 것을 하라고 압력을 넣지는 않는다. 그러나 아무리 그래도 아저씨는 어른이었다. 답이 나오지 않았다.

파울은 이불을 걷어 내고 창가로 갔다. 창턱 위에 다리를 쪼그려 감싸고 앉았다. 오슬오슬 한기가 들었다. 밖을 내다보았다. 파울은 낮에 지나가는 사람들을 바라보는 게 좋았다. '우리에게는 그저 그림자일 뿐이지만 다들 자기 사연이 있단다.' 할머니가 그렇게 말한 적이 있다. 할머니가 아직 살아 있었다면 어떻게 하면 좋을지 할머니에게 물어봤을 텐데. 파울은 부엌으로 갔다. 냉장고 앞에 선 채 우유를 꺼내 병째로 한 모금 마셨다. 그러고는 다시 침대에 누웠다.

다음 날 수업이 끝난 다음 파울은 밤나무 아래 긴 의자에서 티나에게 자기 고민을 털어놓고 어떻게 하면 좋을지 물어보았다.

"나도 모르겠어."

티나는 파울이 하는 논증과 반론을 듣더니 그렇게 대답했다. 그러고는 파울의 어깨 너머 맞은편 거리를 애타게 바라보았다. 배가 고프고 피곤했다. 온몸이 피로에 젖어 있었다. 일찍 일어나서 내내 학교에서 시달리다가 친척 집에도 급히 들러야 했다. 이제는 얼른 집에 돌아가서 목욕을 하고 싶었다.

"난 정말 모르겠어."

티나는 지몬을 발견하자 되풀이했다.

지몬은 이쪽으로 다가오면서도 티나와 파울은 보지 못한 듯했다. 무엇인가 곰곰이 생각하는지, 티나가 소리쳐 부르자 비로소 돌아보았다. 티나를 알아본 지몬의 얼굴이 환해졌다. 티나도 얼굴을 조금 붉혔다. 티나는 지몬을 불러 두 사람이 지금 무슨 얘기를 하고 있었는지 설명했다.

얘기가 끝나지도 않았는데 파울이 다시 입을 열었다.

"사람은 어른이거나 아이야. 명령을 하는 사람이거나 거기 순종해야 하는……."

티나는 피로가 몰려오는 것을 느꼈다. 얘들은 집에 가고 싶지도 않나? 피곤하지도 않나? 티나는 외투 주머니에 손을 넣어 열쇠를 만지작거렸다. 너무 차갑지도 않고 서늘한 게 기분이 좋았다. 열쇠가 지금만큼 좋은 적이 없었다.

"그건 금지되어 있어."

지몬이 말했다.

티나는 동의의 뜻으로 고개를 끄덕이고 천천히 일어섰다. 아직 다 일어나지도 않았는데 파울이 다시 입을 열었다.

"그래도 예외란 게 있잖아."

예외? 티나는 도로 의자에 털썩 주저앉았다.

어느덧 한 시간 반 정도 토론했을까? 마틸다가 다가와서 무슨 일인지 알고 싶어 했다. 파울이 설명한 뒤, 네 사람은 다시 어른이 아이들을 위한 책을 읽어도 되는지 토론했다.

"어른이 아이들을 위한 책을 읽어도 되냐고? 글쎄, 그 어른이 너무 멍청하지만 않으면."

마틸다는 그렇게 대답했고 이어 누가 수학 숙제를 도와줄 수 없는지 물었다. 마틸다는 날 때부터 수학은 아예 이해할 수 없도록 태어났으니까.

"그래, 맞아. 그럼 얘기 끝난 거지."

티나는 그렇게 외치고 벌떡 일어섰다. 이제 대화를 다 끝냈다고 생각했기 때문이다. 그러나 중요한 결정을 내릴 땐 제대로 처리해야 했기에, 아이들은 우선 어른들이 언제 정말 멍청한지 알아봐야 한다고 3 대 1로 결정했다.[2]

아이들이 그토록 열성을 다해 떠들어 대지 않았다면, 그린베르크 아저씨가 때 빼고 광낸 다음 건너편 미용실에서 나서는 걸 분명히 봤을 텐데. 아저씨가 고개를 저으며 알아듣지 못할 말을 혼자 중얼거리면서 길을 가는 것도, 홀스타인이 신이 나서 졸졸 뒤를 따라가는 것도 눈에 띄었을 텐데. 꽃집에 멈춰 서서 이리저리 고심하다가 결국 조금 쑥스러운 얼굴로 가게 안에 들어가는 것도. 그 전에 고집스런 개의 목줄을 끌다가 욕설을 내뱉는 것도 놓치지 않았을 텐데. 그리고 몇 분 뒤 이번에도 떨이로 산 약간 시들시들한 꽃다발을 들고 나오는 것도 알아차렸을 텐데.

그렇다. 아이들이 언제 어른들이 정말 멍청한지 죽 적어 보는 대신 길 건너편을 살펴봤다면 모든 게 전과 달라졌다는 사실을 눈치챘으리라. 그린베르크 아저씨는 서재에 틀어박혀서 거의 아무도 이해하지 못하는 긴 논문을 쓰는 대신, 신이 난 홀스타인을 데리고 성큼성큼 걸어가서 꽃을 사고 새 옷을 사고 미용실에까지 들렀다. 간단히 말해 아저씨는 집 안과 자기 외모를 아름답게 만들었다. 기분이 이상야릇했다. 스스로 자기가 조금 바보스러워 보이기도 했다. 심지어는 조금 부끄럽기도 했다. 그렇지만 뭐 잘못한 건 없다고 되뇌었다. 아저씨가 미라벨라 아줌마의 호감을 사고 싶었을까? 아니다! 시시한 수단으로 아줌마를 미혹하고 싶었을까? 그것도 아니다. 그저 조금 더 경쾌

하고, 젊고, 발랄하게 보이고 싶었을 뿐이다.

게다가 아저씨는 싸구려 미용사가 아니라 시내에서 제일 유명한 미용사에게 찾아갔다. 그는 아저씨를 잘 살펴보았다. 그리고 무슨 일인지 채 알아차리기도 전에 다른 미용사 두 명이 더 와서 아저씨를 둘러쌌다. 세 사람이 눈을 가늘게 뜨고 아저씨를 꼼꼼하게 뜯어보더니 결국 전과 똑같은 머리 모양으로 잘라 주었다. 비록 다 마치고 나서 머릿기름을 좀 발라 주긴 했지만. 아저씨는 혹시 누가 시비라도 걸지 않는지, 싸움이라도 할 것처럼 도전적으로 주위를 둘러보았다. 시비를 걸 사람이 아무도 없나? 그럼 좋고. 아저씨는 자랑스럽게 가슴을 쑥 내밀었다. 모두들 와서 놀려 대라지. 그럼 내 따끔하게 한마디 해 줄 테니까.

그렇지만 아무도 오지 않았다. 아무도 아저씨를 눈여겨보지 않았다. 그래서 아저씨는 때 빼고 광낸 채 손에는 시들시들한 카네이션 꽃다발을 들고 발을 질질 끌며 시내를 돌아다녔고 홀스타인은 신이 나서 졸졸 뒤따라갔다. 이런저런 것을 더 샀고 우체국에도 들렀고, 날씨도 좋고 거리도 시끌벅적했고, 아저씨 외모도…… 아저씨는 그나마 다행이라고, 머릿기름이야 씻어 내면 된다고 생각했다.

"너 샴푸할 수 있니?"

45분 뒤 파울이 초인종을 눌렀을 때 아저씨

는 다짜고짜 물었다.

"네?"

"아, 머리 감겨 줄 수 있냐고?"

그린베르크 아저씨가 으르렁거렸다. 이제 한 시간밖에 남지 않았다. 부루퉁한 예전의 자기 자신으로 돌아갈 시간이, 아줌마가 돌아와서 모든 게 다 결정될 시간이.

"아, 어서! 뭘 기다리고 있어?"

그린베르크 아저씨는 파울의 어리둥절한 얼굴에 대고 윽박지르더니 고개를 빳빳이 쳐들고 가슴을 쑥 내민 채 욕실을 향해 돌진했다.

파울은 벌써 두 번째 아저씨 머리를 감겨 주었다. 아저씨는 벌써 두 번째 물이 옷깃 사이로 들어가고 샴푸가 눈 속으로 들어갔다고 호통을 쳤다. 머릿기름은 다 씻겨 나갔다. 꽃다발은 쓰레기통에 들어갔다. 기분은 언짢았다. 홀스타인만 신나게 꼬리를 흔들었다.

안 될 거야. 잘될 거야. 안 될 거야. 잘될 거야. 안 될 거야……. 왜 안 될까? 아저씨는 나이가 많고 아줌마는, 뭐 아주 젊지는 않지만 아저씨보다야 훨씬 젊으니까. 아저씨가 소설에서처럼 영웅이었다면 얼마나 좋을까! 자기 자신이 사랑할 만한 사람이라고 보여 주기 위해서 풍차나 먼지를 일으키는 양 떼와 싸웠다면! 여인의 마음을 얻기 위해

지옥의 아홉 영역을 건넜다면! 외눈박이 거인 종족과 사이렌과 연꽃을 먹는 종족과 마녀들에게……. 그런데 그 대신 아저씨는 뭘 하고 있나? 쓸데없는 농담이나 하고 구운 감자 요리를 먹고, 신문을 읽고 공상에 잠겨 창밖을 내다보고, 개랑 이야기나 하고 논문을 쓰고……. 무엇에 대항해서 싸우나? 요즘은 딱 한 가지, 불면증에 대항해서 투쟁한다. 안 될 거야. 그래도 어쩌면. 아니, 안 된다니까. 아, 그래도 혹시…….

아저씨는 머릿속에서 다시금 자기가 할 말을 되씹어 보았다. 햇볕 드는 욕실 창가에 누워 있던 홀스타인이 느닷없이 일어나 달려 나가지 않았다면, 아마 한동안 더 되뇌어 보았을 것이다. 홀스타인이 짖는 소리가 들렸다. 아저씨는 무슨 일인지 보려고 머리에 수건을 감싸고 총총걸음으로 복도를 지났다. 그러자 아저씨 앞에 미라벨라 아줌마가 불현듯 서 있었다.

아저씨는 하루 종일 아줌마를 다시 만나는 장면을 그려 보았다. 초인종이 어떻게 울리고 아저씨가 현관으로 어떻게 가서 현관문을 어떻게 열고 아줌마를 어떻게 맞아 줄지. 하루 종일 모든 것을 아주 세세한 부분까지 상상해 보았지만, 아줌마도 열쇠를 갖고 있다는 건 미처 생각하지 못했다. 아줌마는 현관에 서서 개를 쓰다듬으며 아저씨에게 고개를 까닥했다. 그런 다음 욕실에서 걸어 나온 파울에게 이떻게 지내는지 물었다. 우스운 일이지만, 아저씨는 속은 듯도 하고 매우 중요한 순간을 송두리째 빼앗긴 듯도 했다. 모든 게 아주 달라야 했는데, 모든 것이 생각 속에서는 아주 아름다웠는데. 아저씨는 혼잣말을 했다. 그러나 솔직히 고백하자면 아저씨는 당황했을 뿐만 아니라 약간 샘이 나기도 했다. 아줌마는 아저씨가 아니라 어떤 소년과 잡종 개 한 마리에게 자기 관심을 몽땅 다 쏟고 있었다. 뭐야, 아줌마 눈길을 끌려면 펄쩍 뛰어올라야만 하는 거야? 아저씨는 속으로 툴툴거렸다.

대화에 끼어들려고 해 봤지만 번번이 맥을 잃고 말았다. 그러면 아저씨는 당황한 나머지 한동안 입을 다물었다가 다시 입술을 달싹거렸다. 마치 저만치 멀리 달려가는 날쌘 말을 헐떡거리며 쫓아가는 것 같았다. 근사한 대답이 겨우 떠오르면 대화는 어느새 아주 멀리, 완전히 다른 주제에 이르러 도저히 닿을 수 없는 곳에 가 있었다. 고역이었다. 한마디도 제대로 할 수 없는 데다가 입도 바짝바짝 말라 왔다. 그러다가 아줌마의 가방이 눈에 띄었다. 비록 현관에서 무슨 일이 일어나는지 상황을 제대로 파악할 수는 없었지만, 가방을 방에 날라다 준다면 아줌마가 처음에 품었을 나쁜 인상이 그럭저럭 상쇄될 거라고, 어떤 목소리가 머릿속에서 속살거렸다. 아저씨는 몸을 굽혔다. 고개를 숙이는데 수건이 어깨에서 미끄러졌다. 아니, 수건이 왜 여기……. 그 까닭이 기억나자 얼굴이 새빨개졌다. 아저씨는 그냥 돌아서서 서재로 도망쳐 버렸다.

문 앞에서 한동안 숨을 죽이고 서 있었다. 그러고 나서 책상 앞에 앉아 얼굴을 두 손에 파묻었다. 오직 여기, 세월이 흘러 거뭇거뭇해진 책상 앞에서만 아저씨는 편하고 안전하다는 느낌이 들었다. 아저씨와 세상 사이에는 책상이 필요했다. 마치 위협받는 왕 주변에 모여든 보병 부대와 기병대처럼 메모장과 펜과 쪽지들에 둘러싸여.

누가 문을 두드렸다. 아저씨 가슴이 쿵쿵거렸다.

"들어오세요."

아저씨가 말했다. 어색하기 짝이 없는 목소리였다.

문가를 보았다. 문틈이 조금씩 벌어졌다. 어느새 신발 끝이 보였다. 파울이 안에 들어오더니 조금도 머뭇거리지 않고 뭔지 모를 설득을 시작했다. '지금은, 제발 지금은 이러지 말렴!' 아저씨는 속으로 애원을 했지만 그렇다고 물밀듯 흘러나오는 파울의 말을 멈출 엄두는 나지 않았다. 얘가 나한테 원하는 게 뭐지? 대체 무슨 얘기를 하는 거지? 그린베르크 아저씨는 한마디도 이해할 수 없었다. 그런데 파울이 느닷없이 질문의 책을 꺼내어 책상 위에 올려놓았다.

"아니 이건…… 이건 질문의 책이잖아!"

아저씨는 깜짝 놀라서 한순간 말을 잇지 못했다.

"네? 아저씨도 질문의 책을 알아요?"

파울도 깜짝 놀랐다.

"그럼 나는 뭐 태어날 때부터 어른인 줄 알았니? 나라고 어릴 때 문제가 없었을 것 같아?"

아저씨는 파울에게라기보다 차라리 자기 자신에게 말하듯 속삭였다. 그러자 50년 전 벌어진 그 모든 이야기가 마치 어제 경험한 일처럼 눈앞에 선연했다. 누나의 피아노 선생님에게 사랑을 고백하려고 가슴 설레며 다가가던 자기 자신이 보였다. 한 주일 내내 온종일 다시 만나는 장면을 그려 보고 무슨 말을 할지 연습해 보았지만, 막상 선생님 앞에 서면 한마디도 할 수 없었다. 입술을 달싹거리기는 했지만 결국 아무 말도 못하고 얼굴만 붉혔다. 그리고 다음에 만날 때에도 용기를 내지 못했다. 몇 달 후 선생님이 이사를 갔다. 그 뒤로 아저씨는 그 선생님을 다시는 보지 못했다.

"나는 피아노 선생님을 사랑한 남자애란다."

그린베르크 아저씨가 설명했다.

"자기가 너무 어리다고 생각한 멍청한 애요?"

"그래. 바로 그 애. 그때는 내가 너무 어리다고 생각했어. 그리고 오늘은 하마터면 내가 너무 나이가 들었다고 생각할 뻔했구나."

아저씨는 웃으면서 대답했다.

책을 조심스럽게 들어 올려서 이리저리 살펴보다가 다시 책상 위에 올려놓았다. 표지를 손으로 어루만지다가 책장을 훨훨 넘겼다. 각양각색의 아이들 글씨를 보자 오랫동안 잊고 있던 많은 이야기들이 다시 떠올랐다. 어떤 글씨는 또박또박 단정했고 어떤 글씨는 겁이라도 먹은 듯 반듯반듯했고, 또 어떤 글씨는 아이가 자기 걱정을 적어 가다가 다 잊어버리기라도 한 듯 고르고 평화로웠다.

"내가 좀 읽어 봐도 될까?"

아저씨는 마지막 장까지 넘긴 다음에 물었다. 파울이 고개를 끄덕였다. 아저씨는 파울의 이야기를 읽어 나갔다. 이야기에 빠져서 종종 숨을 멈추었다가 한 단어나 문장을 되풀이하기도 했다.

"그래, 할머니가 '도시, 국가, 엉터리' 게임을 더 좋아하셨다고?"

"바멜레로가 부군디엔의 울창한 정글에 살아?"

아저씨는 입가에 웃음을 머금었다가 눈길을 다시 글씨로 내려뜨렸다. 이야기의 끝, 질문에 다다랐을 때 아저씨는 오래도록 파울을 물끄러미 바라보았다. 무엇인가 파울에게 대답을 해 줘야 한다는 것은 알았다. 파울이 그래 달라고 이 책을 준 게 아닌가?

아저씨는 이렇게 말하고 싶었다. 나는 그저 책상물림이야. 네가 할머니 없이 어떻게 행복해질 수 있는지 난들 알겠어? 나는 평생 공부밖에 한 게 없단 말이야. 내가 세상에서 대체 무엇을 봤을까? 수수께끼 같은 책을 품고 시간을 보냈지만 무엇을 봤을까? 낮이 저녁이 되고 저녁이 밤이 되고 밤이 다시 낮이 되는 것조차 알아차리지 못한 적이 많아. 나는 으리으리한 성을 지어 놓고선 정작 그 옆의 헛간에 사는 남자와 마찬가지였어. 그런데 한 사람의 생각이란 그가 사는 곳이 아닌가? 아니라면 잘못된 거지. 나는 하물며 사랑에 빠지는 일조차 하지 못했어. 네가 여기 오지 않았다면 나에게 어떤 가치가 있다는 사실도 영영 몰랐을 거야. 사람이 어떻게 해야 행복해지는지 난 몰라.

아저씨는 파울에게 그렇게 말하고 싶었다. 그렇지만 곧 이 대답은 거짓말이라는 것을, 억지에다 변명이라는 것을 깨달았다. 몇 주 전이라면 아무 양심의 가책도 없이 그렇게 말했을 터였다. 사람은 모두 행복을 찾는단다. 그런데 행복을 찾을 땐 과연 무엇을 찾는 걸까? 그리고 행복을 발견한다면 어디에서 발견할까? 그건 시시각각 다르지 않을까? 나라에 따라 사람에 따라 다 다르지 않을까?

물론 옳은 말이었다. 그러나 사실이긴 하지만 그렇게 쉬 내뱉을 수 없는 말이었다. 사람들은 가능한 한 방해받지 않고 자신의 생활을 편안하게 유지하고 싶을 때 이런 말로 다른 사람들을 구슬리고 그들을 어려움 속에 내버려 둔다.

여러 해 동안 갖가지 일이, 그리 커다란 흔적을 남기지 않고 아저씨를 지나쳐 갔다. 그런데 지금 아저씨는 자기 앞에 있는 이 소년에 대해, 까닭 모를 책임감을 느꼈다. 이 새롭고 낯선 책임감은 결코 아저씨에게 부담스러운 것이 아니었다. 오히려 아저씨에게 지금껏 알지 못한 존재감과 사명감을 주었다.

"할머니가 돌아가신 다음에 네가 어떻게 행복해질 수 있는지는 나도 모르겠어."

아저씨는 그렇게 말하면서 파울에게 책을 내밀었다.

"그렇지만 한 가지는 확실해. 우리 함께 노력하자꾸나."

이렇게 말하는 게 아주 자연스럽다는 느낌이 들었다. 마치 파울이 질문의 책을 갖고 있다는 사실이 아주 자연스러워 보이는 것만큼이나. 그리고 일어나서 파울과 부둥켜안은 것도 아주 자연스러운 일 같았다. 마치 아이들이 요즘 아저씨네 집을 들락거리고 아저씨가 사랑에 빠진 일이 아주 자연스러워 보이는 것만큼이나. 그러나 모든 게 아주 자연스럽고 완벽하고 분명해 보인다고 해도 실은 손댈 도리 없이 엉망진창이었다.

아저씨는 지난 몇 주 동안 어떤 일이 일어났는지 차근차근 설명할 수는 있었을 것이다. 그렇지만 결코 제대로 이해할 수 없었다. 평화와 습관을 사랑하던 아저씨 집에서는 지난 몇 주 동안 모든 게 너무 빨리 변했고 아무것도 전과 똑같지 않았다. 그렇지만 이제 다시 질서를 회복하고 인생을 제대로 통제할 때다.

아저씨는 파울에게 말했다.

"이 책을 다른 아이에게 주렴. 이 책은 아이들 것이지 내가 받을 것이 아니야. 비록 여전히 질문 던지는 법을 배우지 못했지만 난 이미 내 이야기를 거기 썼거든."

게으름이나 두려움 때문에 차마 던질 엄두를 못 내는 질문도 많다. 뭔가 거창하고 의미 있는 것뿐만 아니라 일상생활에서도……. 아저씨는 자기 주위에 있는 사람들에 대해서 무엇을 알고 있었을까? 또 그 사람들은 아저씨에 대해서 무엇을 알고 있었을까? 아저씨는 단 한 번도 어떤 여인에게 자기 감정을 털어놓지 못했다. 그 여인에게 단 한 번도 자기를 어떻게 생각하느냐고 물어보지도 못했다. 아저씨는 자기 자신에 대해 고개를 절레절레 저어야 했다.

"넌 참 좋은 친구를 골랐구나, 겁쟁이에 비겁자……."

파울이 얼른 그렇지 않다고 말하려고 했지만 아저씨는 듣지 않고 말을 이었다.

"아, 그렇다니까, 난 간이 콩알만 해."

아저씨는 시계를 보았다. 꽤 늦은 시각이었다.

"얼른 집에 가거라. 엄마가 또 걱정하실라."

파울이 입술을 달싹거리자 아저씨는 파울이 무슨 생각을 하는지 알아차리고 웃으면서 말했다.

"곧 나아질 거야. 엄마도 영원히 너를 쪼아 대진 못하실걸."

아저씨는 파울을 문까지 데려다 주고 계단의 불을 켜 주었다. 두 사람은 작별 인사를 했다.

아저씨는 파울이 눈에 안 보이게 된 다음에도 한동안 문가에 서 있었다. 그런 다음 마음을 굳게 먹고 복도를 지나 귀를 기울였다. 어떻게 모든 일이 이렇게 되었는지, 거기 어떤 뜻이 있는지 오래 생각해 봐야 소용없었다. 아저씨는 이제 뒤죽박죽이 된 상황을 하나하나 풀어 나가야 했다.

미라벨라는 어디 있을까? 거실에. 아줌마는 아저씨에게 등을 보이고 짐을 정리하는 중이었다. 아줌마는 여전히 손에 든 물건에 신경을 모은 채 아저씨를 향해 천천히 몸을 돌렸다.

"미라벨라."

아저씨가 입을 열었다.

"네?"

주말에 그린베르크 아저씨는 약속한 대로 아이들과 함께 연극을 보러 갔다. 미라벨라 아줌마도 같이 갔다. 모두들 쏙 빼입었다. 모두들 조금 들떠서 말이 많았다. 이제 박스 좌석에 자리를 잡았다. 일찌감치 왔기에 다른 사람들이 분주하게 오가는 모습을 바라보았다. 마틸다는 호기심에 가득 차서 난간에 팔을 짚고 극장 안을 둘러보았다. 사람들이 느릿느릿 걸어와서 검은 옷을 입은 안내원에게 표를 보여 주고 자리 안내를 부탁했는데, 마틸다는 그 모습을 지켜보는 게 무척 좋았다. 마틸다는 그 사람들에 대해서 대담한 추측을 끊임없이 내뱉었다. 화려하게 불을 밝힌 극장 안에선 모든 사람들이 아름답고 이루 말할 수 없이 흥미진진하며 특별해 보였다. 뚱뚱한 남자 하나가 땀을 뻘뻘 흘리면서 들어와 자기보다 머리 하나는 더 큰 아내와 함께 좌석 사이로 들어갔다. 온 가족이 두 사람이 지나가게끔 자리에서 일어서야 했다. 맨 먼저 아빠가, 그다음에 엄마가, 이어 세 딸이, 마지막으로 아들이 내심 못마땅해서 자리를 만들어 주었다. 그때마다 남편은 미안하다고 어깨를 움찔거렸고 아내는 고개를 까딱거려서 고맙다는 표시를 했다. 작은 깃털이 달린 모자를 삐뚜름하게 쓴 여인이 계단참에 서서 주변을 둘러보았다. 움직일 때마다 모자 깃털이 춤을 추었다.

"계속 갑시다."

성이 난 낮은 목소리가 뒤에서 들렸다. 여자는 기분이 상해서 눈썹을 추켜올리고 말한 사람을 머리끝에서 발끝까지 훑어보더니 결국 수그러들었다. 마틸다는 춤추는 깃털을 따라 첫째 줄까지 시선을 옮기다가, 곧 단체 관람을 하러 온 학생들에게 주의를 돌렸다. 그들은 열린 문으로 쏟아져 들어와서 공연장 전체를 활기찬 목소리로 가득 채웠다. 누군가가 마틸다의 어깨를 톡톡 두드렸다. 그린베르크 아저씨가 프로그램을 나누어 주었다. 관객의 물결이 점차 줄어들었다. 몇몇 사람이 허둥지둥 들어와서 자리 안내를 받았다. 샹들리에가 꺼지자 웃는 소리와 속삭이는 소리도 수그러들었다. 때때로 누군가가 어둠 속에서 기침을 했다. 연극이 시작되었다.

모든 사람들이 연극에 홀딱 빠져들었을까? 표정을 보아하니 그런 것 같았다. 오직 한 사람만 파울을 자주 힐끔거렸다. 무대에서 파울로, 파울에서 무대로. 눈길이 연신 갈팡질팡했다. 파울이 씩 웃는 것을 보면 기뻐했다. 파울이 눈썹을 모으면 당장 걱정스러워했다. 그린베르크 아저씨는 조바심을 쳤다. 어쩌면 너무 일렀나 봐, 어쩌면 좀 더 기다려야 했나 봐. 어쩌면 극장에 벌써 온 게 별로 안 좋을지도 몰라……. 그때 마침 파울이 무대에서 일어나는 일을 좀 더 잘 보려고 몸을 숙였다. 아, 맘에 드나 보다, 즐거워하는 것 같은데. 그린베르크 아저씨는 하도 좋아서 환성을 지르고 싶었지만 이성을 잃지 않았다. 극장 안에서 어떻게 처신해야 하는지 알고 있으니까! 아저씨는 이래선 안 되겠다고 생각하고 주의 깊은 표정을 지으며 무대 위에서 일어나는 일에 열중하려고 했다. 그렇지만 악당들이 무대 위에서 서로 죽고 죽이는데도 연극에 완전히 빠져들 수 없었다. 다시 눈길을 돌려 파울을 걱정스럽게 살펴보다가 다시 마음이 놓여 한숨을 쉬었다.

아저씨는 여러 번 한숨을 쉬었다. 아주 나지막해서 거의 들리지도 않았지만 마틸다는 신경이 쓰여서 곧 다른 소리는 전혀 들을 수 없었다. 언제 또 한숨을 쉴지 기다리게 될 지경이었다. 그리고 몇 분 뒤에 정말 다시 나지막하고 희미한 한숨 소리가 들렸다. 마틸다는 성이 나서 그린베르크 아저씨를 쏘아보았다.

"쉿!"

마틸다는 검지를 입가에 댔다.

쉿이라니, 무슨 뜻이야? 그린베르크 아저씨는 한참을 두리번거리다가 비로소 마틸다가 자기한테 그런 것이라는 사실을 알아차렸다. 나한테? 대체 무슨 일이야? 재가 왜 저러지? 마틸다는 매우 엄격해 보였지만 또한 무척이나 사랑스러웠다. 마틸다가 얼마나 사랑스러운지…… 아이들이 얼마나 사랑스러운지…… 또 이 관객들은 모두 얼마나……. 그린베르크 아저씨는 또 한숨을 내쉬었다.[3]

또야? 정말 심하군! 마틸다는 몸을 숙였다. 자기 생각을 확실하게 말해 주려고 하는데 미라벨라 아줌마의 고운 손이 아저씨 팔을 살포시 누르는 게 눈에 들어왔다. 머뭇머뭇, 한숨 소리가 희미한 것만큼이나 조심스러운 손길이었지만 마틸다는 너무 놀라서 하마터면 소리를 지를 뻔했다. 뭐야? 그린베르크 아저씨랑 미라벨라 아줌마랑 사귀나? 마틸다는 말이 나오지 않았다. 그저 깜짝 놀라서 뭔가 묻고 싶은 눈빛으로 아저씨를 바라볼 뿐이었다.

아저씨는 고개를 끄덕거리면서 입가를 움찔거려 쑥스러운 웃음을 지었다. 그 웃음은 이렇게 말하고 싶은 듯했다. 그래, 얘야, 가장 놀라운 일은 아무도 짐작하지 못한 곳에서 일어난단다.

"아, 거 조용히 좀 해요."

옆에 있는 박스 좌석에서 결국 한마디 했다.

1 그린베르크 아저씨는 마음의 눈으로 미라벨라 아줌마가 문으로 들어오는 모습을 보고 또 보았어. 그렇지만 아줌마는 들어오지 않았어. 아저씨는 심지어 아줌마 꿈까지 꿨지. 얼마 전에는 몹시 끔찍한 꿈을 꿨어. 아줌마가 구혼자들에게 둘러싸여 있었어. 조카들, 조카딸들, 이모들, 형부들, 온 가족이 아줌마 언니의 철저한 지휘에 따라 아줌마에게 남편을 구해 주려고 발 벗고 나섰어. 가족 모임이 있을 때면 언제나 남자들이 몰려왔지. 꽃다발과 포도주와 작은 선물과 초콜릿을 든 구혼자들이 열, 열하나, 열셋, 열넷. 뚱뚱한 사람, 마른 사람, 키가 큰 사람, 키가 작은 사람……. 그리고 아줌마가 어떻게 그 사람들 비위를 맞추는지! 아줌마가 어떻게 웃으면서 자기가 겪은 이야기를 해 주고 우스갯소리와 칭찬을 하는지!

한번은 미라벨라 아줌마네 가족 모임 꿈을 꿨는데, 아줌마가 어떤 남자와 화기애애하게 얘기하고 있었어. 그 모습을 보고 아저씨는 낙담해서 이렇게 외쳤어.

"그렇지만 나도 미라벨라를 사랑해요."

"그래서요? 댁은 너무 늙었어요."

아줌마 언니가 대답했어.

그린베르크 아저씨는 풀이 죽어 고개를 주억거렸어. 그래, 아저씨는 젊다고 할 수 없지. 그러나 감히 입 밖에 내어 말하진 못했지만, 또 아주 조금 부끄럽기도 했지만, 아

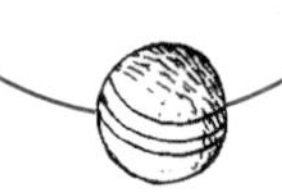

저씨는 자기도 권리가 있다고 믿었어. 사랑을 하기에 너무 늙은 것은 없다고 말이야. 아줌마 언니에게 미라벨라를 사랑하면 왜 안 되냐고 따져 물으려는 순간, 아저씨는 땀에 흠뻑 젖어 깨어났어.

다음 날 밤 아저씨는 다시 아줌마 꿈을 꿨어. 늘 그렇듯 책상 앞에 앉아 있는데 문 두드리는 소리가 들렸어.

"네, 들어오세요." 하고 대답하는데 심장이 쿵쿵거렸어. 미라벨라 아줌마가 들어왔어. 아저씨는 아줌마를 기다리던 참이었지. 할 얘기가 많았거든. 무엇보다 불평을 하고 싶었어. 당신 언니가 내가 너무 나이가 많다고, 당신을 행복하게 해 주지 못할 거라고 했다고 일러바치고 싶었지. 그런데 입에서는 전혀 다른 말이 나왔어.

"어떤 사람을 행복하게 하는 게 뭔지 다른 사람이 알 수 있을까요?"

"설사 안다고 해도."

아줌마가 운을 떼더니 오랫동안 아저씨 얼굴을 바라보았어.

"무엇을 느낄지, 무엇을 생각할지, 무엇을 두려워할지, 무엇을 믿을지 다른 사람이 결정하게 하시겠어요?"

2 아이들은 엄지손가락부터 시작해서 어른들의 어리석음을 모두 손꼽아 세어 봤어. 그런데 얼마 지나지 않아 어떤

건 잊어버리고 다른 건 두 번이나 세는 거야. 그래서 아예 종이 한 장과 연필을 들고 와서 하나하나 적기 시작했어. '친구와 연락이 끊어지는 것', '약한 이를 얕잡아보는 것' 같은 377가지 어리석음과 '놀 시간이 전혀 없는 것' 같은 48가지 반쪽 어리석음에 '아이들에게 브로콜리를 먹으라고 설득하는 것' 같은 24가지 4분의 1쪽 어리석음을 찾아냈어. 그리고 최고의 어리석음인 전쟁이 있었지.

3 그래, 그린베르크 아저씨는 모든 사람들이 다 사랑스러워 보였어. 아저씨가 그토록 친절하게 웃음을 지었기에 마틸다는 아저씨와 파울을 이어 줘야겠다는 자기 결심을 다시 떠올렸어. 그래서 집에 오는 길에 아저씨에게 파울을 좀 챙겨 달라고 소곤거렸어. 파울을 챙겨 달라니? 왜? 파울은 다른 애들이랑 오늘 본 공연에 대해서 신나서 얘기하고 있는데. 그린베르크 아저씨는 당황해서 마틸다를 내려다보았어. 무슨 일이 있었나? 나만 눈치를 못 챘나? 그렇지만 내내 신경을 정말 많이 썼는데.

"무슨 일이라도 있니?"

아저씨는 나지막한 목소리로 마틸다에게 물었어.

무슨 일이라도 있냐고? 세상에, 랍비예수마리아알라부처님이시여, 아, 외할머니가 돌아가셨잖아요! 마틸다는 어른들의 어리석음에 고개를 절레절레 저을 수밖에 없었

어. 그래, 그린베르크 아저씨는 비록 친절하긴 하지만 삶과 죽음에 대해서는 정말 눈곱만큼도 모른다니까! 얼마 전에는 아주 간단한 우스갯소리를 세 번이나 설명해 줘야 했다니까. 그것만으로는 충분하지 않았는지 아저씨는 세 번이나 웃었어. 그 얘기를 해 주었을 때 처음 웃었고 그 얘기를 설명해 주었을 때 두 번째 웃었고 그 얘기를 알아들었을 때 세 번째 웃었지. 사람들이 아저씨를 바보라고 생각할 정도로 큰 소리로 호탕하게 웃긴 했지만, 그러고 난 다음에도 대개 아무것도 꿰뚫어 보지 못했어. 사실 아저씨는 바보는 아니야, 그저 행복했을 뿐.

⚜

옮긴이의 말

그리 길지도 않은데 무척 오랫동안 끌어안고 있던 책이다. 햇살이 따가워지기 시작할 무렵에 받았으니 어느새 반년을 훌쩍 넘겼다. 누군가의 노래에 나오는 것처럼 '시집올 때 가져온 양단 몇 마름 옷장 속 깊이깊이 모셔 두고서 생각나면 꺼내서 만져만 보고 펼쳐만 보고 둘러만 보'는 할머니처럼 책을 받아서 책장에 모셔만 두고 있는 동안 내게는 참 많은 일이 생겼다.

번역은 매우 양가적인 작업이라서 어떤 이율배반을 품고 있다. 외국어로 책을 처음 읽을 땐 작가와 인물에 바짝 다가가서 그들의 마음까지 헤아려 내야 하지만, 모국어로 그 내용을 풀어낼 땐 지금까지 나와 하나였던 그들과 떨어져서 독자를 향해야 한다. 번역이란 결국 이 둘 사이를 이어 주는 작업이니까.

이 책을 번역하면선 그러지 못했다. 집안에 우환이 겹쳐 정신이 없을 때 책을 받아 건성건성 읽었다. 그러나 그때는 예고도 없이 갑자기 닥쳐든 생활의 변화에 허덕이느라 작가와 인물 그 누구에게도 가까이 갈 수 없었다. 그러다가 계절이 두 번 바뀌고 난 다음, 넉넉하게 잡았던 마감을 한참 넘기고 나서 도서관에서 노트북 자판을 두드리다가 "나를 위해 뭔가 해 주고 싶니? 그럼 행복하렴."이라는 구절을 만났다. 그리고 내가 어디 있는지도 모르고 펑펑 울어 버렸다. 아마도 기시감, 어디선가 본 듯한 느낌 때문이었으리라.

그사이 나도 파울처럼 소중한 사람을 하나 잃었다. 그 사람도 나에게 꼭 이런 심정이었으리라는 데 생각이 미치자 도저히 눈물을 참을 수가 없었다. 파울이 외할머니와 보내는 마지막 시간, 외할머니를 보내고 나서 느끼는 감정은 번역을 다 마칠 때까지 온전히 나의 것이기도 했다. 그래서 '이율배반적 거리 두기'라는 내 엉성한 번역 이론은 뒤죽박죽이 되어 버렸다. 그러나 이론은 결코 현실을 추월할 수 없는 법, 참된 행복을 찾기 위해선 함께 노력하는 것밖에 다른 방법이 없듯 좋은 번역을 하기 위해선 한 줄 한 줄 혼자 채워 가는 것밖에 다른 방법이 없다.

책이 한 권 한 권 늘어날수록 번역이란 일이 더 어려워진다. 내 능력의 한계를, 그것도 뼈저리게 느낀다. 이 책도 마찬가지였다. 단어도 어렵고 문장도 복잡하고 통통 튀는 재치를 살려 내기도 힘들었지만, 겨울 햇볕이 따스하던 그날 오후 내가 경험한 위로를, 또 실컷 울고 난 다음 찾아온 평화를 독자에게 고스란히 전해 줄 수는 없으리라는 무력감이 그 무엇보다 가장 크다.

그렇지만 '네 영혼의 푸른 멍'이 무엇이든, 그게 상실이든, 따돌림이든, 이루지 못한 사랑이든, 가족이란 울타리가 허물어지는 것이든, 너는 그 아픔 속에서 혼자가 아니라고 속삭여 주고 싶은 마음만은 알아주었으면 한다. 혹독하고 치열한 나의 십대를 생생하게 기억하고 있는 한 사람으로서 너에게 내미는 연대와 공감의 손길만은 받아 주었으면 한다. 내게 아픔의 치유이자 슬픔의 위로였던 이 책이, 문학이, 예술이 네게도 비슷한 몫을 해 주길, 너도 네 아픈 상처를 딛고 너만의 질문과 행복을 찾아낼 수 있길 가슴 깊이 바란다.

고맙다는 말에 늘 인색했다. 고맙지 않아서가 아니라 그저 쑥스러워서였다. 그러나 제때 하지 못한 그 말이 상처로 남을 수도 있다는 사실을 알게 된 지금, 주위의 모든 사람들에게 고맙다는 말을 한 번쯤은 하고 싶다. 이 책을 번역하라고 맡겨 주신 분, 하필 내가 아플 때 전화했다가 독촉도 제대로 못하고 이제 촉박한 출간 일정에 쫓기게 되신 분, 있지도 않은 나의 문학적 재능을 말 그대로 '죽을 때까지' 믿어 준, 지금은 권적운 위에 있을 오빠, 오빠의 투병과 죽음에 이르는 힘든 과정을 함께해 주신 그토록 많은 분들, 아픈 상실을 함께 겪으면서 더욱 애틋해진 나의 가족, 특히 큰아들을 잃은 부모님과 함께 살면서 적적한 집안에 빛과 따스함을 퍼뜨리는 우리 난쟁이 조카 둘에게. 고맙습니다, 정말 고맙습니다.

이유림

길라 루스티거 Gila Lustiger

1963년 독일 프랑크푸르트암마인에서 역사학자 아르노 루스티거의 딸로 태어났다. 1982년 이스라엘로 이주한 뒤, 예루살렘의 히브리 대학에서 독문학과 비교문학을 공부했다. 텔아비브의 출판사에서 독일문학과 어린이문학 편집자로 일하다가 1986년 작가 에마뉘엘 모즈와 함께 파리로 가서 2년간 방송 일을 했다. 지금은 가족과 함께 파리에 살면서, 소설을 쓰고 히브리어와 프랑스어 문학작품을 독일어로 옮기고 출판 편집자로도 일한다.

1995년 제3제국 유대인의 운명을 다룬 첫 소설 《재고 조사》를 발표했고, 1997년 여성의 관점에서 다룬 결혼소설 《아름다운 세상에서》로 잉게보르크 바흐만 상 후보에 올랐다. 2005년에 발표한 《우리는 그랬다》는 전후 독일의 유대인 가족사를 다룬 자전소설로 독일 도서상 후보에 올랐으며 독자들에게도 호평을 받았다. 《질문의 책-마틸다의 숨은 행복 찾기》는 작가의 첫 어린이책이다.

비탈리 콘스탄티노프 Vitali Konstantinov

1963년 동유럽의 베사라비아에서 태어났다. 러시아에서 시각 예술과 건축을 공부하고, 독일에서 그래픽 아트와 회화, 미술사를 공부했다. 지금은 독일 마르부르크에 살면서 화가 겸 일러스트레이터로 일하고 있다. 볼로냐 국제 그림책 원화전에 일곱 번이나 초대되었고, 2001년에는 브라티슬라바 국제 일러스트레이션 비엔날레에도 초대되었다. 그린 책으로 《괴물과 셀리반》, 《벨라와 핑크소상》 들이 있다.

이유림

경희대학교와 동대학원에서 철학을 공부하고, 베를린에서 영화학을 공부했다. 현재 전문번역가로 활동하고 있다. 옮긴 책으로는 《빛은 어떤 맛이 나는지》, 《바람 저편 행복한 섬》, 《어느 날 빔보가》, 《편지를 기다리는 마초바 아줌마》 들이 있다.

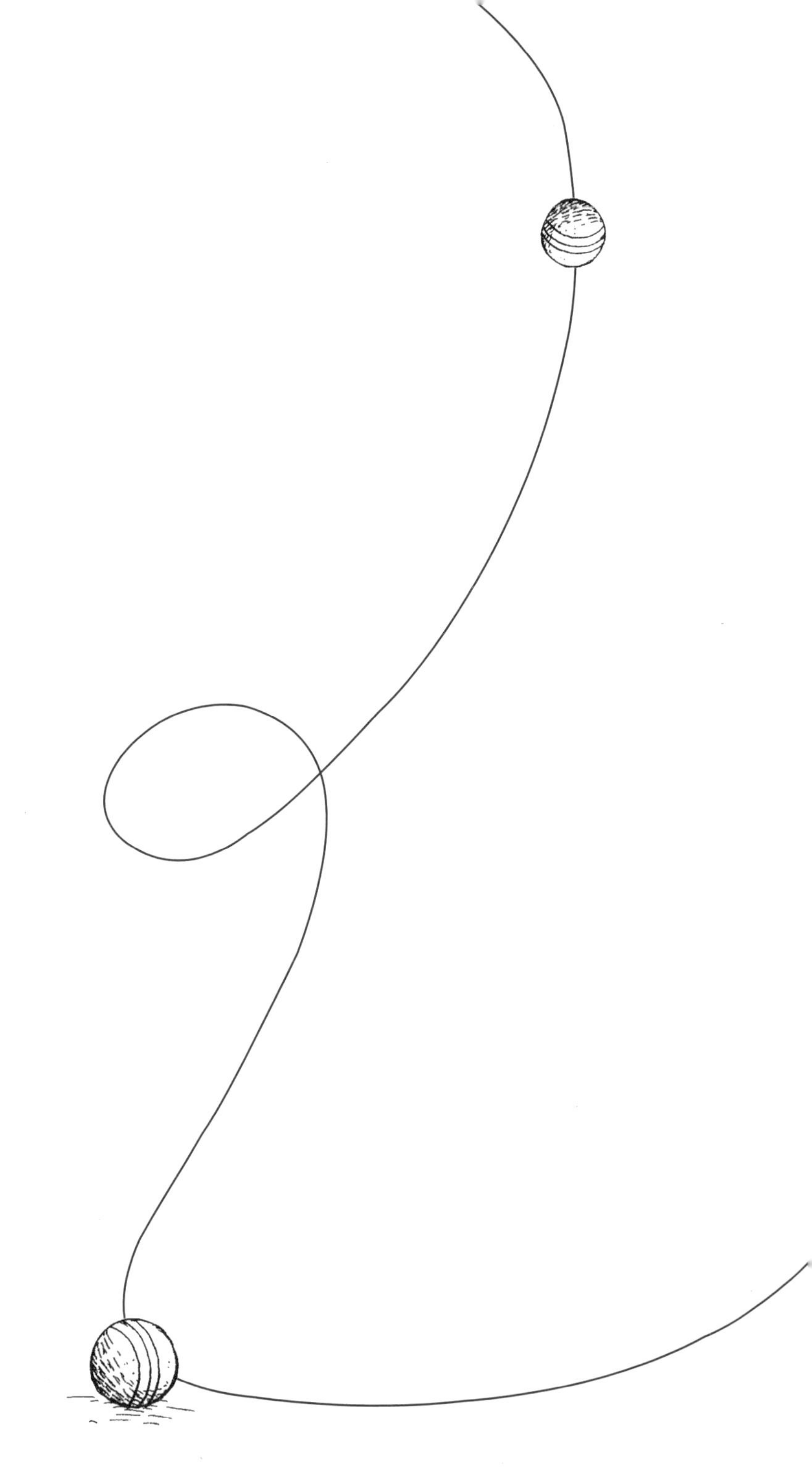